小説… JUMP j BOOKS

血界戦線

―オンリー・ア・ペイパームーン―

内藤泰弘
秋田禎信

かつて紐育《ニューヨーク》と呼《よ》ばれた街《まち》は
たった一晩《ひとばん》で消失《しょうしつ》した――

一夜《いちや》にして構築《こうちく》された
霧烟《きりけぶ》る都市《とし》『ヘルサレムズ・ロット』

空想上《くうそうじょう》の産物《さんぶつ》として描《えが》かれていた「異世界《いせかい》」を現実《げんじつ》に繋《つな》げている街《まち》。
その全貌《ぜんぼう》は、未《いま》だ人知《じんち》の及《およ》ばぬ向《む》こう側《がわ》であり
霧《きり》の深淵《しんえん》を見《み》る事《こと》は叶《かな》わない。
人《ひと》では起《お》こしえない奇跡《きせき》を実現《じつげん》するこの地《ち》は
今後千年《こんごせんねん》の世界《せかい》の覇権《はけん》を握《にぎ》る場所《ばしょ》とも例《たと》えられ
様々《さまざま》な思惑《おもわく》を持《も》つ者達《ものたち》が跳梁跋扈《ちょうりょうばっこ》する街《まち》となる。
そんな世界《せかい》の均衡《きんこう》を保《たも》つ為《ため》に暗躍《あんやく》する組織《そしき》があった。
その名《な》は「秘密結社《ひみつけっしゃ》・ライブラ」
少年《しょうねん》・レオは、ふとしたきっかけからライブラの一員《いちいん》となるのだが…

CHARACTER FILE:1

TOP SECRET

クラウス・V・ラインヘルツ

Klaus V Reinherz

ライブラリーダー。その巨躯《きょく》から威圧《いあつ》感《かん》ある存在《そんざい》だが、物腰《ものごし》は穏《おだ》やかで紳士《しんし》的《てき》。ブレングリード流血闘術《りゅうけっとうじゅつ》の使《つか》い手《て》。

CHARACTER FILE:2

TOP SECRET

ザップ・レンフロ

Zapp Renfro

銀髪《ぎんぱつ》に褐色《かっしょく》の肌《はだ》をした陽気《ようき》な男《チンピラ》。後輩《こうはい》には面倒見《めんどうみ》が良《よ》い。発火《はっか》する血液《けつえき》を刃《は》状《じょう》にした剣術《けんじゅつ》・斗流血法《ひきつぼしりゅうけっぽう》を使《つか》いこなす。

CHARACTER FILE:3

TOP SECRET

レオナルド・ウォッチ

Leonardo Watch

普通《ふつう》の少年《しょうねん》だったが、とある事件《じけん》から妹《いもうと》の視力《しりょく》と引《ひ》き換《か》えに「神々《かみがみ》の義眼《ぎがん》」を持《も》つ事《こと》となる。戦闘力《せんとうりょく》は低《ひく》い。

CHARACTER FILE:4

TOP SECRET

チェイン・皇《スメラギ》

Chain Sumeragi

不可視《ふかし》の人狼《じんろう》。姿《すがた》を消《け》して高速《こうそく》に移動《いどう》することが出来《でき》る。主《おも》に、諜報《ちょうほう》・索敵《さくてき》・追跡《ついせき》を担当《たんとう》している。

CHARACTER FILE:6

TOP SECRET

スティーブン・A・スターフェイズ

Steven A Starphase

目元《めもと》に傷《きず》のあるスーツ姿《すがた》の男《おとこ》。クラウスの副官的存在《ふくかんてきそんざい》。全《すべ》てを凍《こお》らせる蹴《け》り技《わざ》、エスメラルダ式血凍道《しきけっとうどう》を用《もち》いる。

CHARACTER FILE:7

TOP SECRET

K・K

K・K

長身《ちょうしん》のレディ。その格闘能力《かくとうのうりょく》は卓越《たくえつ》しており、電撃《でんげき》を纏《まと》う重火器《じゅうかき》を用《もち》いた血弾格闘技《ブラッドバレットアーツ》を操《あやつ》り、怪物達《かいぶつたち》を殲滅《せんめつ》する。

CHARACTER FILE:8

TOP SECRET

ツェッド・オブライエン

Zed O'Brien

礼儀《れいぎ》正《ただ》しく言葉《ことば》使《つか》いも丁寧《ていねい》な半魚人《はんぎょじん》。ザップの弟弟子《おとうとでし》で斗流血法《ひきつぼしりゅうけっぽう》・シナトベの正統後継者《せいとうこうけいしゃ》。強制的《きょうせいてき》にライブラ入《い》り。

情報封鎖

CHARACTER FILE:X

SPECIAL SECRET

バレリー・バーマ

Valerie Bama

[redacted]の存在《そんざい》により[redacted]れた、ザップとレオの前《まえ》に現《あらわ》れた少女《しょうじょ》。彼女《かのじょ》の一言《ひとこと》が今回《こんかい》の物語《ものがたり》のはじまりとなる。

音速猿《おんそくざる》

Sonic Speed Monkey

ONLY A PAPER MOON

BLOOD BLOCKADE BATTLEFRONT

CONTENTS

paper moon

——1900年代のアメリカで流行した、記念撮影の際に使用する月型の背景。人々は、家族や恋人、大切な友人と過ごす時間をこの月と一緒に記録した。まやかし、作り物、といったニュアンスもある。

1—But it wouldn't be make believe,

「えんばれるぶんべしゃ！　きぺろこぴこそし！　しこめそし！　しこめそし！」

「確かにその通りっすね」

バーカウンターの隣の席で大声を発している異形《いぎょう》のなにかを相手に、レオナルド・ウォッチは静かに同意した。

手にしたグラスにはもう氷しか残っていなかったが、別に追加を頼むほどでもない。もともと飲んでいたのは酒ではなく、炭酸水だ。

飲むわけでもないのにどうしてバーにいるのかといえば、同僚に連れてこられたからだった。レオの職場には昼夜の隔《へだ》てもなく、業務時間から業務の内容まで、ただひたすらに不定期・不安定・不条理はなはだしい。職場のつきあいなるものも、あるようでないようなものだが。まあ、たまにはある。

もっとも、レオはこうした時間をそれほど嫌だと感じてはいなかった。

疲れのせいもあるかもしれないが。始終騒がしいこの街でも、バーの雰囲気は案外まっとうだ。静かに人心地つく。たとえ隣席がどれだけ騒いでも。唾を撒《ま》き散《ち》らし、腕をぶん回して髪を摑《つか》んできても。安ボトルをラッパ呑《の》みしてオリーブ臭のするげっぷを連発こいていたとしてもだ。

昼は働き通しだったし、うっすら眠気も覚えている。優しい指に髪を撫でられているみたいに。同僚のほうは上機嫌で、開幕からいきなり財布《さいふ》ごとカウンターに投げ入れ、今日はもう帰らない宣言をした。十二分後には酔いつぶれ、おおよそ解読不能の言語しか発しないようになった。

「しこめそし！　ギャハハハハ！　しこめ……しこめそし！」

まあ、隣席のそれがその同僚なのだが。

「しこめそしに異様な執着を見せていますね、我が兄弟子《あにでし》は」

逆隣の席にいる、もうひとりの仲間が。つぶやくのが聞こえた。

レオはやはり同意した。

「そうっすね」

ただ仲間のほうは腑《ふ》に落ちなかったようで、訊《き》いてくる。

「しこめそしというのは、どういう意味ですか？」

「さあ」

他に言いようもなくレオは答えたが。

仲間はさらに疑問の声をあげる。

「……わからないんですか?」

「ええ」

「では、なにゆえに同意していたんですか?」

「反論するよりはいいと思って」

その判断について、同僚はしばらく考えたようだが、他にどうするわけにもいかずとりあえず納得したようだった。レオは彼の顔色を、そっとうかがった。曲者《くせもの》ぞろいの職場には感情のわかりづらい人々がかなりいるが、最近加わることになったこの人物はかなりハイレベルだ。

左右の同僚を見比べてみて。

この両者は似ているとも、まったく違うとも言い難《がた》い。まあ、それが両立するというのもよくある話だろう。わかりやすい相似《そうじ》点とわかりにくい相似点、わかりやすい相違点とわかりにくい相違点がそれぞれすべてである。

容易なほうから並べれば。まず、一方は泥酔《でいすい》し半ケツをさらし、顔面の全穴から妙な汁をこぼしながら床と椅子《いす》とカウンター上を徘徊《はいかい》していることを含めても、おおむね人類といえる。もう一方は違う。

一方は理知的。一方は違う。一方は（レオから見ての話だが）職場の先輩。一方は違う。一方はいまひとつ世間知らず？　一方は違う。

そして簡単な共通点は。ザップ・レンフロとツェッド・オブライエン、このふたりは斗流血法《ひきつぼしりゅうけつぽう》なる特殊な戦闘術の達人である、ということだ。

秘密結社ライブラの戦闘員であり、破局への縁《ふち》にその礎《いしずえ》を置くヘルサレムズ・ロットにて、世界の原形維持に尽力《じんりょく》する構成員……だ。

この戦いに際して、どの立場に与《くみ》するとしても。ほとんどの者はかつての自分のままではいられない。物理的な姿かたちにも言えることだが、その実は、年月にしてみればたった三年の間に人類が思い知った変革による。心と認知の変化だ。

レオはそのひとりだ。この街に来ることになった理由、出来事については——今宵《こよい》に語る話でもない。

言えるのは、レオは三年前まで、自分の世界が異形の脅威、魔術、深き闇とあまりに近く接していたなどと夢にも思わなかった、ということだ。ある事件によって「見る」力を手に入れたレオは、その理不尽《りふじん》に対峙《たいじ》すべく、魔の境界へと足を踏み入れた。

ヘルサレムズ・ロットが生まれた日。人類は思い知ったのだ。切り取られたのは領土だけではない。安心していた心の一部も喪《うしな》われた。宇宙の姿を理解したと考えるのはあまりにも性急過ぎたと。

同僚ふたりは違う。ライブラのほとんどすべての構成員と同じく、彼らはもっとずっと以前から、人類が理性の蓋《ふた》としてきた既知《きち》の境界、その向こう側を知っていた。

ツェッドについては、彼の存在自体、あの日以前にレオが耳にしたとしても信じなかったろう。

彼の見た目を解説すると、一番手っ取り早い言葉は、人型の水棲《すいせい》生物だ。青白い肌。鰓《えら》呼吸であり、陸上で活動するには首に取りつける呼吸器を必要とする。大きめの魚眼には瞼《まぶた》がなく、加えて持ち前の冷静さもあって無表情に感じるが、当人としては澄ましているつもりもないようだ。

ツェッドもカクテルを頼んではいたが、まだ手をつけていなかった。難解な考えごとのほうが先走ってしまったのか。床でうねっている兄弟子を、パズル問題にでも取り組むように見下ろして。

「しこめそし……今日片づいた案件に関連が？　あるいは符牒《ふちょう》……？」

「ないんじゃないすか」

率直にレオは答えた。

しかしツェッドはさらに深読みに陥《おちい》ったようだ。

「もしや、わたしは試されているのでは……」

「ないと思いますよ」

「しかし、こんなことがあり得ますか」

このツェッドにしては曖昧《あいまい》な物言いに、レオは訊き返した。

「え？」

「こんなにも無意味で、無価値、無残な醜態《しゅうたい》が。恐らく兄弟子は、血流を操作してわざと最悪の酩酊《めいてい》状態を作っています。その状態で術を維持し続けている制御力には驚嘆しますが、下手《へた》すれば脳を損壊しかねない行為です。ただひと時の快楽のためだけに、しますか？　普通」

「…………」

レオが黙っていると。ツェッドは突っついてきた。

「レオさん？」

「え？　あ、すみません。疑問点がよくわからなくて」

「ですから、そんな愚か者がいるでしょうか、と」

「疑問点がわからないです」

「……そうですか」

「けっぽもんぎらうんしゃらはー！　ゲハハハ！　ぎょっぞ！　ぎおっぞぉ！」

しこめそしのブームがいつの間にか終わりを見せ、ザップは壁に体当たりを始めている。壁は心配だが、街の荒くれ者が集うバーの造りは相応に頑丈だ。血も洗えばすぐ落ちる、コンクリートの打ちっぱなしだった。

少し静かになったので、レオは炭酸水のおかわりを頼んだ。バーテンは無言でうなずき、グラスを持っていった。

空いたコースターを撫《な》で、レオは話を続けた。

「ツェッドさんは、ザップさんの弟弟子といっても、会ったのはこの前が初めてなんですよね？」

「はい」

「俺、ザップさんとのつきあいはしばらくになりますけど、実はそんなに知ってることってないんすよね」

グラスがもどってきた。透明の水に泡が浮かぶのを目で追う。

「それでわかったのは、なんてか、あんまり知る必要のない人なんだなって。ほら。水の模様っていうか」

「水の……模様、ですか？」

「この水に、氷はいってる。じーっと見てると、溶《と》けた水の模様がわかるんですけど。そんなのすぐ変わっちゃうし、しまいにはただの水になっちゃうし——あ、なんかうまくまとまらないな。すいません」

一口飲んで、吐息する。

「嘘でも本当でも構《かま》いやしない、関係ない……なんて歌ありませんでしたっけ。ちょうどこんな、古い感じの」

と、店内に流れているスローなジャズを漠然《ばくぜん》と指さす。

「ありそうですね」

ツェッドはもっともらしくうなずいてみせたが。

「でも実を言うと、水の喩《たと》えのほうがしっくりきています」

水棲生物らしい言い方をした。

ふっと笑って、レオは喩《たと》え話から離れた。

「まあザップさんには、結構《けっこう》命救ってもらったりもしてるんですけど。この街だと、そういうの容赦なくガツガツあるでしょ」

「そうでしょうね」

「普通ならきりがなくなっちゃうんですけど、それがなんか、一個も感謝拝《おが》み倒《たお》しにならならない感じなのは案外ありがたいかもしんないっすね」

「そうですか。もしや兄弟子はそれを深慮《しんりょ》で――」

「ないっすね」

「そうですか」

ツェッドが、やや肩を落としたあたりで。

壁に頭突《ずつ》きを繰り返していたザップがダウンした。途端《とたん》に大いびきをかき始めたので、バーが平穏を取りもどしたとは言えないが。

「なにかひとつくらいないでしょうか。我が斗流《ひきつぼしりゅう》の名誉を感じられるような……その……」

「あ。わりと落ち込まないでください」

若干《じゃっかん》震えているツェッドの肩に、レオは触れた。

「名誉かどうかはわからないですけど。ザップさんのこと、すごくいい人だって言う人もいたんですよ」

「ほう？」

「いや……いたっていうのは正しいのかな。今どっかにいるのは間違いないっぽいんすけど。でも十年先だし……」

「？」

余計なことに悩んだせいで、ツェッドに奇妙げな目を向けられた。瞼のない目でも露骨にわかるほどに。

取り繕《とつくろ》って、レオは肩をすくめた。

「ああっと。そのへんはおいおい説明しますけど。ちょっとややこしい話で……」

難題には、困難な方法で応じるしかない。

当分起きそうにないザップの顔を、ちらりと横見して。

この男を愛した少女の話というのは、多少、世界の不条理のいくつかを踏まえたところから始まるのだった。

まずは——ひと月ほど前。とある曇天《どんてん》の午後から。

◆

空が重いのはいつものことだ。

深き「虚」に対しても、そして外界に対しても等しく閉ざされたこのヘルサレムズ・ロットは、どこまでも行き場のない暗さを持っている。晴れ間があっても霧が混じり、どこか大気に紐《ひも》がついているような枷《かせ》があった。

レオが異変を予感したのは、ザップがこんなことを言いだしたからだった。

「ちっと、寄り道いいか?」

普段《ふだん》ならいちいち断りなどしない。ザップは好きなように姿をくらまして、好きな用事を済ませるだろう。しかしその日は違った。それが奇妙のひとつだった。

さらにおかしいのは、大抵《たいてい》の場合ザップには、予定を変更しなければならないほどの大事な用などないからだ。その日の午後、レオとザップには組織の任務があった。時間的な余裕はないでもなかったので、レオはさほど深く考えずに、いいっすよと答えた。

ザップの用件が葬儀だと知って、やはり今日はなにかが違うのではないかと感じた。

新規ウッドローン墓地は、ニューヨーク崩落《ほうらく》後に設立された新しい墓地のひとつだ。変化と混沌《こんとん》の街、ヘルサレムズ・ロットにて、人々が望んだのは。弔《とむら》いのための変わらない聖地だった。

いつ何時《なんどき》、地中に没したり霧に消えるか知れない土地ばかりのこの街だが。変化にはムラがある。なんの保証もないにせよ、あまり位置、位相を変えることのない地点というのもあるにはあった。

そのひとつに墓地が作られた。元はランドールズ島の遊歩道だったと思《おぼ》しきこの土地は、変化の初日に位置を入れ替えられて以来、安定を保っている。ナニガシ教会の司祭がここを墓地にしようと提案すると、たちまちに棺《ひつぎ》と墓石《ぼせき》が押し寄せた。この文字通り神をも恐れぬヘルサレムズ・ロットで宗派や様式にこだわる者はもはや希少種だ。というのに、まだ「葬儀」自体には需要があった。

どんな方法でもいい。死は身近になったし、恐ろしいことに、多様《たよう》にすらなった。絶対だと考えられていたことの多くが、わけのわからないモノに変化した。それでも悼《いた》むことだけは、人はやめなかった。

（そりゃまあ、ザップさんでも……ね）

当たり前のことだ。

ザップはしきりに髪を掻《か》きながら、墓地の周辺をぶらついた。足がなかなか進まなかったので、場所わからないんすか？　とレオが訊《たず》ねると、いんや、と短く答えた。会話も億劫《おっくう》だという声で。

あとは黙ってついていった。

ザップが煙草《タバコ》四本ほど吸ったあたりで、ようやく人の集まりを見つけた。といっても、あまり多くはない。黒装束《くろしょうぞく》の女が三人ほど。少し離れて休んでいる男たちは墓掘りと棺運びだろう。小さな葬儀だった。

女たちは喪服というにはやや露出が多く、化粧も派手めだった。距離があってもレオの視力は常人より多くの情報を得てしまう。彼女らのハンドバッグは仕事用で、弁当を用意していることから、このまま出勤なのだろうと思えた。午後の遅くのこの時間から仕事に出る、となると、職種は限られる。

彼女らは悲しみに暮れていても、泣《な》き腫《は》らしてはいなかった。顔と化粧が崩《くず》れないよう、意図して制御していたわけでもないだろうが、職業意識として骨身に染《し》みついているのかもしれない。己《おのれ》に課した掟《おきて》なのだ。なにがあろうと、そのせいでひと晩の稼《かせ》ぎをふいにするようなことがあってはならない。生活とはそういうことだ。

ザップがその場所に近づこうとしないのは、気づかれたくなかったからだろう。もう棺も納めて、葬儀はほぼ終わっている。一分。あるいはもう少しか。ザップはなんの前触れもなく、もういい、と言った。

最後にレオは、墓碑に刻《きざ》まれた名前を見やった。アシュリー・バーマ。

用はそれで終わりだった。そのまま忘れて日常に復帰する……はずだった。

少女が近くに立っていたことに、レオもザップも気づいていなかった。立ち去ろうと振り向いて、そこで姿が目に入ったのだ。

地味《じみ》な格好だが、率直に綺麗な顔立ちと気品は、育ちの良さを感じさせた。逆に男の子のような動きやすい服装は、慣れない遠出に勇《いさ》んでやってきたようでもある。

十代になったばかりだろうか。子供らしい小生意気《こなまいき》さは、口を開く前の唇にも既《すで》に貼りついていた。笑みを浮かべている。

その口が、開口一番にこう言った。

「それで、どっちがわたしのパパ？」

「………………」

絶句しながらザップを見やると。

ザップは混じりっけない真顔で、きっぱりとレオを指さしていた。

（すげえ）

なんとなく感心する。どんな不意打ちを喰《く》らっても迷いなく生き延びる。戦士の才だ。

少女はきょとんとまばたきした。意外だったようだ。

「あなたがザップ・レンフロなの？　ちょっとイメージと違うかな……」

「え、それは」

改めてレオはザップを見た。

ザップはまったくびくともせず、レオに向けた指を動かしていない。加えてもう一方の手でサムズアップしてのけた。

(決定的不利の中でも折れないッ……!)

もはや、抗議すら忘れてしまう。

狼狽《うろた》えて少女に向き直ると。彼女は肩をすくめて言い足した。

「ママのお葬式に来たんでしょ? どうしてこんなところにいるの?」

「えっ。お前、アシュリーの——」

つい口をついて出たのだろう。ザップは言いかけてから、咳《せ》き込《こ》んで誤魔化《ごまか》そうとした。

だが少女はちゃんと聞いていた。にんまりとザップに微笑《ほほえ》みかける。

「やっぱり。こっちだった」

「い、いやいや。ちょっと待てよ」

ばたばたと手を振って、ザップは彼女を遮《さえぎ》った。

「アシュリーに娘なんて……ていうか、お前いくつよ」

「十歳よ」

「あのな。十年前にアシュリーは知らねえよ。それに、ンなでけえガキが俺にいるわけねえだろ。なあ?」

ザップに同意を求められて。

レオは、困難な質問に苦悩した。

「うーん……」

少女。十歳。プラス十月《とつき》前？　ザップさん。まだ知り合ってもいない相手と。可能だろうか。でもザップさんだし。パパ。隠し子。あるやなしや。正か否か。

「すみません。あと二時間考えさせてください」

「オウコラそう来たか。おーい、留守ですかー、ここんちの脳ミソにはトモダチ甲斐《がい》ってやつはお留守ですかー」

レオがごつごつと頭を叩《たた》かれていると。

「もうっ」

腰に手を当てて、少女は呆《あき》れ声《ごえ》をあげた。

「今はまだ生まれたばかりなの。ママが死んだ時だものね」

「……ん？」

いかにも当たり前のように言われたが、言った内容がわからない。

彼女は疑いもなく続けた。

「だから、わたしは十年後の未来から来たの。パパに会いに」

「じゅ……」

今度こそ本当に言葉を失う。

レオはザップと目を見合わせた。

ザップの反応は……

ここぞとばかりに顔を歪《ゆが》め、渾身《こんしん》の一息とともに吐き捨てた。

「ハッ」

と、両手をあげて歩き出す。

「焦《あせ》らせやがってよ。ジョ――――ダンぽいっての。クッソしゃらくせぇ」

「なんで!? なにその反応」

少女は傷ついたようにわめいたが、ザップは相手にせず進んでいった。

「つきあってられっか。オラ、急ぐぞ」

「そうよね。パパの家どこ？ 余分のベッドある？」

「お前じゃねえよ*!*」

とことこついていく彼女に怒鳴《どな》る。

少女はまったく動じなかったが。

「えーっと」

レオは彼女に言いかけて、言葉に迷った。さっさと追い払うには、彼女の言っていることが気になるというのもあるが。それより喫緊《きっきん》の大事として、彼らは任務に向かう途中だった。しかもやや遅れている。安全とは言い難い仕事だ。

さりとてそれを正直に話せるものではない。ライブラの機密を一端でも知れば、この娘の身にも危機が迫る。

ひとまず極めて曖昧に、レオは続けた。

「あのね。俺たち、ちょっと急ぎの仕事があるんだ。君を連れていけない」

「ああ、秘密結社のお仕事でしょ。ライブラって言ったっけ？　パパの職場」

「ぶッ」

面食らったザップが吹き出すのを知ってでもいたように、少女はさっと身をかわした。

「…………」

改めてまじまじと見つめるレオとザップに、彼女はきょとんと話を再開した。

「どうせパジャマもないわよね？　歯ブラシの余分くらいならある？」

結局、この少女をほうっておくわけにもいかなくなってしまった。

名前はバレリー・バーマ。

「名前はね、満足してる人なんていないわよね。仕方ない。でもパパが選んだっていうなら、言いたいことはあるわよ」

十歳。

「そうね。十年後に十歳。今はゼロ歳よね。レディなのか乳児なのか、世間がどう判断するかはわからない。でももうブロッコリに泣くことはないのよ。過ぎ去りし日のことを思うわ」

バレリーがザップの娘であるという証拠は……特にない。

「必要なの？」

「あーのーよー」

それほど長くもない事情聴取の間に三本の煙草を吸い終えて。

ニコチン過剰の不機嫌顔を横から突っ込んでくると、ザップは落ち着かない様子で土を蹴り始めた。吸い終わった三本目を踏み消している。

「まだナシつかねえのかよ。金か？　金目のことか？」

「まだ五分も話してねっすよ」

突き放した眼差《まなざ》しで、レオはつぶやいた。

墓地というのは、周《まわ》りに聞かれたくない話をするのには向いている。

ただ、アシュリーの名前も出るであろう話を、まだ参列者にも聞こえるところでするのもはばかられ、苑内《えんない》をそれなりに移動した。途中にも簡単な質問などしたのだが、きちんと通じたのはまだ前述のやりとりくらいだ。

腕時計をがっつんがっつん指で叩きながら、ザップはさらに顔を近づけてきた。

「五分ってよォー。もう時間過ぎちまうだろよ。どーすんだ遅れたら。今日の捕《と》りモンは一級のテロアドバイザーだぞ。逃《のが》したら次捕捉できんのはまた隠蔽地雷《いんぺいじらい》で何百人か吹っ飛ばされた後かもしんねえぞー」

「わかってますけど」

そもそもこの寄り道はザップの言い出したことだろう、と。

言っても詮無《せんな》いことではあるし、今は珍しくザップの言うことのほうが正論だ。

「うーん……」

不意打ちで降りかかってきた難題にうめき、レオはバレリーに向き直った。

「弱ったなあ。バレリー、あの」

「ミス・バーマよ。わかってる？　レディの父親の前なんだから」

後半はひそひそ声で。

「………………」

かなり間《ま》をあけて、レオは言い直した。それは心の中で「忍耐」の綴《つづ》りを思い浮かべるための間だったが。

「はい。ミス・バーマ。俺たち、本当に急ぎの用があって……」

「そうなの?」

バレリーは一瞬納得しかけたが、はたと眉をひそめ、

「十年後の未来から来た娘をほっとくほどの用事?」

責める相手はザップなのだが、彼がきっぱり無視を決め込んだので視線はレオのほうに回ってきた。

「ええと、まさにそれが問題で。危ない用事だから、君にはどこか安全なところで待っていて欲しいんだけど……」

「あっ」

彼女は急に背筋《せすじ》を伸ばして、レオの話を遮った。

そして、何度か素早く瞬《まばた》きしてから。つぶやく。

「〝スポイラータイム〟ネタバラシ可能域……あのね、五分前、三ブロック先でパパたちが見つけるはずだった男だけど——」

墓地の入り口のある方向を指さした。

「そこで捕まえなかった場合、ここに来るの」

「…………」

レオとザップは、同時にそちらを見やった。


——さて。繰り返しになるが。

ほんの三年前のことだ。

この世界は変転の時を迎えた。

とはいえ三年前のこの世界と、それ以後の世界に違いはない。

隔たりがある。ただそれだけだ。


レオが見たのは黒衣の男だった。

見た目は……普通とは言えない。ドラム缶ほどの胴回りに細い手足。

その全体をフェルトのような生地《きじ》の黒いコートで覆い、襟《えり》を立てて帽子をかぶっているので、シルエットは玩具《おもちゃ》のようだった。奇怪な格好《かっこう》だが、人間だ。

「ザップさん……」

声をかけると、ザップは即座に応じた。

「いるんだな?」

問いかけてきた。ということは、彼には見えていないのだろう。

破壊犯罪顧問を名乗るギッドロ・エカシュブドイ（これが無数の偽名のうち、最も本名に近いそうだ）は通称、歩くバケツとして知られる。

独学の魔術師というが、術自体確かなものであるわりには癖の強い難術で、まったくのはったりでもないらしい。解《と》き難い呪詛《じゅそ》を練《ね》っては商売相手を選ばず売りつけ、利益を得ている。

過去数十年、世の表には出ないまま魔術犯罪、爆破事件、戦争犯罪にかかわってきた。ここ最近はヘルサレムズ・ロットに活動場所を移したようだ。

この街では彼のような魔術師に大枚払わずとも、癖のきつい魔道が溢《あふ》れている。故《ゆえ》に商売をしにここに来たというよりは勉強のためだろう。ただ、適当な術を次々に編み出しては実験と称して街角にばらまくようになり、悪質の度合いはむしろ増した。金の流れから足取りを追うことも難しくなった。今回この男の足取りを捉えることができたのは組織の根気と幸運の賜物《たまもの》だ。

この男に気取《けど》られないぎりぎりの戦力——つまりはザップとレオのふたりだけで対する、という人選は博打《ばくち》だが、他に選択肢がなかったとも言える。ギッドロの魔道を看破するレオの目と、奴の搦《から》め手《て》をかわして対処できるザップの業《わざ》。

ギッドロは特に警戒の素振りも見せず、墓地を進んでくる。

レオとザップ、あとついでにバレリーの存在を気にしている様子もない。

すっ……と糸でも抜くような密《ひそ》やかさで。ザップはゴミ系偏屈《へんくつ》なグータラ駄目《だめ》人間から戦士の顔に切り替わる。

そんな自然さは自分にはない。とレオはいつも感じる。そして——認めたくはないが、ザップという男を信じて、命も魂《たましい》も預けてしまう。

認め難くとも、どうしてか断言だけはできる。その信頼が裏切られたことはないと。

「俺の視界を奴のいる場所に誘導しろ……できるか？」

ザップの囁《ささや》き声《ごえ》に、レオは答えた。

「やってみます」


人類はつつましく、こう考えていた。

世界にはまだ神秘があり、人知《じんち》の及ばぬ領域があるのだと。

人が知恵を重ねていつの日にかそれを網羅《もうら》するとしても、今はまだそれに遠く、もしかすれば永遠に踏破できない迷宮なのかもしれぬと。

ザップが取り出す武器は、掌《てのひら》に収まるほどの金属。

やや特殊に思える形状のライターだ。

彼はそれを手にして指に力を込める。

その特異なる得物《えもの》の、鋭いエッジが皮膚を食い破る。

指の間から、拳《こぶし》の隙間から、血が滴《したた》り落《お》ちる。

その液滴《えきてき》が一筋《ひとすじ》の流れとなり、地に触れるかというところで。

氷柱《つらら》が固まるように止まる。

滑《なめ》らかに、鋭く。

温かく、仄《ほの》かに甘く、煌《きら》めく。

二十八区、二十八句のひきつ星。

靉靆《あいたい》とたなびく緋《ひ》の緒《お》。篠突《しのつ》く殺戮刃。斗流血法《ひきつぼしりゅうけつぽう》カグツチ、刃身ノ六《じんしんのろく》、紅天突《くれないてんつき》。

握り、つま弾《び》き――虚空《こくう》の渦《うず》に轢《きし》り、鞘走《さやばし》る。


ただし。

なんの脈絡もない、ただのある日。

その遼遠《りょうえん》なる域土が無遠慮にも、未熟な人類の庭先に現れることなどは予期していなかった。

己の血を凶器とし、魔界と対峙する術《すべ》とする。

鬼をも喰《く》らう〝牙狩り《きばがり》〟たちの血法《けつぽう》のひとつ、斗流《ひきつぼしりゅう》・カグツチ。

レオの誘導でザップは疾《と》く駆けだした。血の刃を閃《ひらめ》かせ、その先端が無数に枝分かれすると、赤い雨のように降りかかる。数十数百の血刃《けつじん》、各々《おのおの》の隙間はきっかり一インチ。姿の見えない敵であっても、瞬きほどの間の後には原形もない肉の襞《ひだ》と化す。

その前に、ふと。

十歳の少女に見せるわけにいかないと、レオは考えた。注意を向けるとバレリーはきょとんと立ったままだ。なにが起こっているのか、これからどうなるのかもわかっていない。

彼女の視界を遮るように前に立った。ひとまずこれくらいしかできないが。

そして改めてギッドロのいた場所に視界をもどすと。

とうにザップの血刃は地を舐《な》め、標的を餌食《えじき》にしている、はずだった。

だが。

（しまった……！）

ほんのわずかな隙、見るのを止《や》めたその一瞬に、ギッドロの姿はなくなっていた。

「ザップさん、逃げられた！」

「んだとぉ?」

舌打ちするザップに促《うなが》されながら、レオは敵の足取りを探した。ザップの攻撃は全方位から隙なくギッドロを断裁していたはずだ。それをかわしたのだとすれば可能性はみっつ。超絶したスピードで逃げたか、血法《けっぽう》が効《き》かないか、その他だ。

それほどの高速で移動したのなら、レオがまったく気づかなかったのはおかしい。目をはなしたといっても任務中に完全に敵を忘れることはない。敵の動きにレオが気づきもしなかったのは、奴がほとんど動いたと思わなかったからだ。超音速の弾道《だんどう》でも見切れるレオの目を逃れるほどの超々高速というのも……経験から考えづらい。

血法が効かない? 切断されることも灼《や》かれることもない身体《からだ》? 長年、牙狩りが追ってきた魔道《まどう》犯罪者だ。そんな特徴があるなら真っ先に判明していて然《しか》るべきだろう。

その他。これがないとは言えないのがこの街だ。

視覚に限らないが、感覚は経験の影響が強い。

だから訓練によって研《と》ぎ澄《す》まされる。その一方で先入観に騙《だま》される。

ある日脈絡なく超常的な視覚を得た時、レオは想像も及ばなかった領域の敏感さに苦しんだ。見まいとしたものを見てしまう。見たいと思ったものが見られない。見たはずのものを、違うものと認識してしまう。

しかしそれはある意味で、まっさらな真の意味での「錯誤なき情報」だ。慣れによって脳は情報に頼らず解釈で補完する術を覚えるが、それは隅々《すみずみ》まで見もせずに見たことにしてしまう危険を大きくする。

予想外のことがそうそう起こらないのであれば、そのほうが便利だ。しかしこの街ではそうはいかない。時おりレオは意識して、習熟によって得た慣れを捨てる。素人《しろうと》が素人的に捉《とら》え得《う》る違和感。それが最も強い武器になることが、魔道《まどう》の戦いにおいてはある。いやむしろ、百戦錬磨《ひゃくせんれんま》の手合いにレオのような新参者《しんざんもの》が渡り合うにはこれしかない。

（さっき見たものを……全部思い出せ）

ビデオを操作するように視界を再生する。さっき目視《もくし》したギッドロの姿。おかしなところはなかったか。

最初のきっかけはなんだった？　バレリーに指摘されて奴を見た。「そこにいる」と思っていたから見過ごしがあったのではないか？　おかしな点。奴はこちらを見てもいなかった。油断していたのなら奴はとっくに死んでいる。そうでないのなら奴は攻撃を予見していたはず。矛盾だ。

そう思うとおかしな点がいくらも見いだせる。奴の歩いていた向き。遊歩道を斜めに横切っている。木の実を踏んでいるのにそれが潰れていない。木の葉の上に足跡もない。風向きとコートの揺れる方向が食い違う……

本来ならすぐ看破《かんぱ》できたはずのことだ。

逆に、それらの嘘がすべて合致するのはどの方向か。

レオは向き直った。

バレリーの背後にある木立《こだち》から。ぬっと影がはみ出すように。ギッドロの異形が姿を現す。

「ザップというのが名前ですか」

わざわざ、そんなつぶやきを発した理由は。

ぎょっと背を仰《の》け反《ぞ》らせたバレリーの反応から、その情報の真偽《しんぎ》を確かめるためだったのだろう。これも迂闊《うかつ》だった。呪いの達者《たつしゃ》とやり合っている時に仲間の名前を呼んでしまうなど。

それでも、最悪の手遅れになる前に感づいただけの報《むく》いはあった。レオの誘導でザップは再び血刃を振るい、バレリーごと敵を輪切りにする——というわけもなく、複雑に変形した刃はバレリーの身体を避け、向こう側を薙《な》ぎ払《はら》った。細密に変化しながら速度は損《そこ》なわない。

バレリーに触れかけていた手を引っ込め、ギッドロは後ろに跳《と》んだ。ザップが少しでも

躊躇《ちゅうちょ》していたなら彼女は人質にでも取られていたのだろう。敵の姿がザップにも見えていれば、これで仕留められていたのかもしれないが……

ギッドロは跳《と》び退《の》いてから笑い声をあげた。

「ファーストネームだけでもかけられる呪いを最近見つけまして。牙狩り相手にはちょうどいいものをね……！」

そしてコートの前を広げる。

胴回りと手足の細さが釣り合っていなかった、その理由がわかった。

コートの内側にずらりと、小袋や古びた手帳、巻物、瓶《びん》に缶に、なんのものかも不明な肉の塊《かたまり》、とにかく山ほどの小道具がぶら下げられている。首回りと肩にレールが仕掛けてあって、コートというよりカーテンのような構造だった。

にたあ、と口の端を吊《つ》り上《あ》がらせ、ギッドロは宣言した。

「わたしの足取りを摑めたと……？　ハッハァ！　わたしがお誘いしたんですよ、ライブラの皆様方！」

魔術師が取り出したのは、派手な色合いで飾られたスプレー缶だった。

次々に押し寄せる難題。

理不尽、不可解なる魔。

強欲《ごうよく》な混沌《こんとん》は倫理の箱を押《お》し拉《ひし》ぎ、複雑怪奇な理屈ながら苛烈《かれつ》に単純な選択を迫る。

運命の下敷きとなる人の身として、ただひとつ意味ある問いを。

つまり。なにがあろうとも。

《まだ諦めないか、否か？》

そのスプレーはパーティーグッズのように見えた。

実際にパーティーグッズを改造したものだろう。エアホーンだ。ギッドロがスイッチを押すと大きな音が鳴り響く。それが耳障《みみざわ》りで不自然な旋律を奏《かな》でていた。

「これァ……呪音《じゆおん》か!?」

音だけは聞こえるらしいザップがうめく。棒立ちになっているバレリーの腕を摑んで背後に庇《かば》った。

状況をすべて把握しているのはギッドロと、そしてレオだけだ。

（ザップさんに、敵の精確な居場所さえ伝えられれば……！）

簡単なようだが、そこだと指さしたところでザップが攻撃に移るまでにギッドロは逃げてしまう。視覚そのものをザップに転送する手も、やろうと思えばできるのかもしれない……が、まだ使いこなせていないし、立ち位置の違う映像をザップに見せても、かえって錯覚《さっかく》を招く恐れもある。こんな急を要する状況では危ない。

と。

バレリーの身に異変が起こるのを、レオは見た。素早く瞬きして軽く震えた。さっきと同じだ。

そして彼女はザップの背中に飛びついた。無理やりおぶさると耳元になにかを囁いたようだ。レオには聞こえなかったが、口の動きが読めた。

「スポイラータイム」

さらに何語か続けたが。さすがにそこまでは読み取れない。

ザップはすぐに彼女を振り落とそうとしていたのだが――言葉を聞いてわずかに動きを止めた。

そしてくるりと反転し、通りの向こう側にある並木を数本、まとめて切り倒した。

「…………?」

意味がない。と思えた。ギッドロもだろう。あてずっぽうにしても外《はず》れ過ぎている。

だが、木が何本か倒れた震動が、さらに別の木にも伝わり……

ギッドロの背後にある木も少しだが揺れた。

誰かが引っかけてしまったのか、枝の先にかかっていた紙飛行機が落ちる。すっと風に乗り……滑空《かっくう》して……

こつんと。ギッドロの帽子の上に乗った。彼は気づかない。

その間にザップは刃の型を変えていた。槌《つち》に似た巨大な刃。刃身《じんしんの》ノ四、紅蓮骨喰《ぐれんほねばみ》。

「そこかァァァ！」

紙飛行機のある場所を、ザップは思い切り横殴りにした。

一撃のもとギッドロは吹き飛ばされ、道を横切って動きを止める。

「……ギリ、生きてはいますね」

レオは駆け寄って確認した。

内臓の大半が爆裂《ばくれつ》して、今度こそコートのシルエットと同じくらいまで胴が膨《ふく》れ上《あ》がっているような有様《ありさま》だが。ヘルサレムズ・ロットでなら命は繋《つな》げるだろう。皮肉《ひにく》な話だが、この男が殺害してきた一般の市民にはそうそう手の届かない医療だ。しかしギッドロなら、貴重な情報を持った犯罪者であるがために手を尽くして生かされる。もっとも、楽な余生とはいくまいが。

「ケッ。殺《や》りそこねちまったか」

ザップが舌打ちしたのも、同じことを考えていたせいだろう。バレリーを背中から下《お》ろして歩きだす。

彼はギッドロが取り落としたエアホーン缶を拾い上げた。馬鹿《ばか》げた見た目だが立派な魔道具だ。回収しなければならない。

「どう？　パパ。もう二度も助けたわよね」

胸を張ってバレリーがアピールするが。

ザップは半眼《はんがん》で下顎《したあご》を突き出した。

「どうもこうも、てめぇーのせいでイレギュラったんだろうがよォー」

否定されたバレリーはなおも抗弁《こうべん》しようとしたのだが。

ちょうどその時ザップの持っていた缶が破裂して、話を遮られた。

「うわ。くっそ。痛《い》ってえ」

耳を押さえてザップがうめく。破裂した缶の残骸《ざんがい》を手に、

「なんなんだよ。ったく。今日はなんなんだ。なんの日なんだ」

なんでもない一日だったはずだ。恐らくは。

気まぐれで少し寄り道をすると、ザップの娘を名乗る少女が現れ、魔術師を捕《と》らえた。

それだけの日だ。この超常《ちょうじょう》の街の。

街の名はヘルサレムズ・ロット。
元・紐育《ニューヨーク》。
一夜にして崩落・再構成され異次元の租界《そかい》となったこの都市は今、異界《ビヨンド》を臨《のぞ》む境界点、
地球上で最も剣呑《けんのん》な緊張地帯となった。
霧烟《けぶ》る街に蠢《うごめ》く奇怪生物・神秘現象・魔道犯罪・超常科学。一歩間違えば人界《じんかい》は侵蝕、
不可逆《ふかぎやく》の混沌に呑まれるのだ。
世界の均衡を守るため、暗躍《あんやく》する秘密結社ライブラ。
この物語はその構成員たちの戦いと日常の記録である。

2—Sailin'over a cardboard sea,

ギッドロの処遇は他所《よそ》に任《まか》せて。

はてさて、これからどうするという話になった。

三人で話し合った結果……

「フム」

組織に連絡して、この人物が現れるまで三十分ほど。

ライブラを率《ひき》いるリーダーにして恐るべき無類の紳士、クラウス・V《フォン》・ラインヘルツ。

ファミリー向けレストランの奥まったボックス席に、そのがっしりした体格を丁寧《ていねい》に折りたたむようにして腰掛けて。

テーブルと椅子《いす》の隙間《すきま》、膝《ひざ》に手を置くともはや一ミリの隙間もない状態だが。

なにひとつおくびにも出さず、泰然《たいぜん》と。

たとえ隣のテーブルでピエロの格好《かっこう》をした店員が花火を差したバースデーポテトの皿を、
その席の「王様」の命で頭に乗せて既《すで》に十分以上踊り続けさせられていようとも。

(幸運にも)やや離れたテーブルでは奇声をあげるお子様の集団がアイスクリーム投げに

興じていようとも。

なんら躊躇《ちゆうちよ》なく席に座ったし、慌《あわ》てた様子《ようす》も見せなかった。

自分の頼んだミートローフがテーブルに来るのを待ってから、クラウスは訊ねてきた。

「それで、極めて重大な用向きとのことだが、なにゆえにここを？」

「いえ……まあ、この子が熱望したっていうのもあるんですが」

レオは、隣に座っているバレリーを示した。

「いい大人なんだから食事はお店じゃなきゃ！」

チーズと目玉焼き入りのバーガーを顔面真っ黄色になってかぶりついている彼女を、クラウスは無礼にならない程度に見つめる。

もうひとつ、レオは理由を報告した。

「あとザップさんいわく、このボックス席にクラウスさんの図《ず》た……あ、いえ、まあとにかくはめ込めば身動き取れないはず、と」

「それでさっき襲いかかってきたと？」

「ええ」

「いでえええええええええいでえええええよおおおおおおおほほおおおおお」

とっくに返《かえ》り討《う》ちに遭《あ》い、その狭いテーブルの下にぐったり倒れたザップが、震える悲鳴をあげている。

そのザップを何度か蹴りながら（足をぶらぶらさせる癖のせいだ）、バレリーはつぶやく。

「相談をするために偉い人を呼んだのに、なんでそれが倒す算段になっちゃうの？」

「さあ」

「やっぱりパパって馬鹿《ばか》なの？」

「そんなことないすよ」

「ええ。そのようなことはありません」

「なにかしら。急に心がないわ」

彼女が、レオとクラウスの顔を見回していると。

クラウスは丁寧に質問を返した。

「……今、父君、と？」

「あ、それがなんていうか、問題のアレなんですけど」

レオが話をする間。

クラウスは一言も発さず、なんら味がないのは見ればわかるミートローフを、子供用のプラスチックナイフとフォークを使い食べ終えた。

紙ナプキンで口元を拭《ふ》いて、ようやくこぼしたのはこの言葉だ。

「スポイラー、か……」

「あ。なにかあるんですか？」

「いや。心当たりはない。のだが。なんと言うのか、引っかかる言葉だ」

「ネタばらしっすか」

「意味があるかもわからない、雑感でしかないのだが」

バレリーに目を向けて、クラウスは訊ねた。

「ミス・バーマ。わたしはこういった事象への対処に責任を負《お》う者です。質問をお許しください」

「いいわよ」

「あなたはどうやって十年もの時間を遡《さかのぼ》ってきたのですか？」

「それは……」

彼女は答えようとしたように見えた。

だが言葉を詰まらせ、そして、

「わからないわ。パパに会いたいって願ったの。願いが叶《かな》ったのよ。それで……それ以上言うのは、許しがないの」

「誰の許しですか?」

「それは……それも。許されないことは思い浮かべられないの」

「記憶が封鎖されている……?」

レオのつぶやきに、クラウスはどうとも答えなかったが。

そのまま質問を変えた。

「あなたがこの時代で、頼れる相手はいますか?」

彼はバレリーに、彼女の話が本当かどうかとは一切《いっさいき》訊かない。

真《ま》に受けているのか、あるいは本当でも嘘《うそ》でも関係ないと思っているのか。レオには、後者ではないかと思えたが。

バレリーは、その問いには即答した。

「パパよ。ママは……死んじゃった後だし」

「残念です」

「うーん。わたしには十年前のことなの。顔も写真でしか知らないし」

「そうですか……」

と、クラウスは席を立った。

ついでに狭いテーブルの下で妙な形に固まりかけていたザップも引っぱり出して。

「それでは、願わくば。お手伝いさせてください。ミス・バーマ」

優雅に一礼してみせた。


超常秘密結社ライブラの本部は、いくつかの技術的・魔術的防御を通過した先にある。

一見したところ通常のビルディングだが、手順を踏まなければ本当の内部には入れない。

ライブラの目的は、差し当たって単純に言えば、世界の秩序を可能な限り維持することにある。

人類の魔術史上最大の出来事のひとつである「大崩落」は、単に一都市が崩壊したというだけではなく、それまで闇の存在であった事象を明るみに出したことがなにより大きい。

「今後千年の世界の覇権《はけん》を占う」とは大袈裟《おおげさ》な話ではなく、ここヘルサレムズ・ロットにて顕在化《けんざいか》した超絶事象の数々は、そのひとかけらでも街《まち》から漏れれば一国の命運をも左右しかねない。

ヘルサレムズ・ロットに在《あ》るものは外に出さず、そしてヘルサレムズ・ロットそのものも防衛線として機能できるようにし続けること。

そのために。

黄昏《たそがれ》に潜む存在と長きにわたり暗闘を続けてきた〝牙狩り《きばがり》〟たちがヘルサレムズ・ロッ

トに遣《つか》わせる超人組織、それがライブラだ。

気高《けだか》き岩塊《がんかい》、鉄よりも鋭き掟《おきて》、クラウス・V・ラインヘルツに率いられるその構成員たちとは——

「アーッハッハッハッハハヒャーホラフフィホヘヘゴフェキャハアーハッハハ!」

涙を流して大笑いしながら、ザップの頭を摑《つか》んで顔をのぞき込み、指をさし、また笑って、いったん床《ゆか》を転がり、そして再度ザップを捕まえ、こっそり逃げようとしていたのを引きずりもどしてまた笑うのは、K・Kという長身の女性だ。

「アーハハそんでボクちゃん! はねっかえりのヤンチャ君が! へぷぷ……年貢《ねんぐ》! 年貢の納《おさ》めどらけ——てわけ! マジで!」

「もう堪忍《かんにん》してください姐《ねえ》さん……嚙《か》んで喋《しゃべ》れないならまず先に笑い終わってから……」

しくしくと涙をこぼして、ザップが懇願する。傍若無人《ぼうじゃくぶじん》なザップではあるが、存外に組織内の上下関係には忠実だ。プロ意識のひとつの顕《あらわ》れではあるのだろうが、単に実際逆《さか》らっていては無事で済まない相手だということも否《いな》めまい。このライブラの連中というのは。

ザップの願いを聞きとどけたというわけでもないだろうが、K・Kが手をはなすと、ぼとりと力なくザップは倒れ伏した。

それを見下《みお》ろし、K・Kがつぶやく。

「あら。ホントに堪《こた》えてる？」

「つーか、身体《からだ》が痛《いて》えんです……さっきから」

「うん？　おかしいな」

とは、オフィスに入ってきたクラウスだった。ぐったりしているザップを見て告げる。

「いつもより深手《ふかで》を負わせるようなことはなかったはずだが」

ザップがあの手この手でクラウスに襲いかかるのは毎度のことで、もはや誰も気にしないし、ザップも多少痛い目を見る程度でカタはつく。

床を舐《な》めた姿勢で顔だけ半分上げ、ザップは情けない声を出した。

「いや、その前くらいから、なーんか身体の深いとこから痛いっていうか……」

「ふむ。不可解だな」

クラウスは顎を撫《な》で、続けた。

「ちょうど医師を呼び寄せたところだ。下の空き部屋を臨時の医務室に改装した。診《み》てもらうといい」

「……バレリーの検査のためですか」

レオの問いにクラウスがうなずく。彼女の記憶封鎖の原因を探るために、わざわざそんな手配までしたのだ。他所で調べるには微妙な案件だという判断だった。あとは保安上の身体検査も兼ねている。このライブラを狙った何者かの仕掛けた罠、狂言という可能性は常にあった。

ともあれ、ずるずると床を這い回るザップを、レオも見やって。

はたと思い出して、レオは発言した。

「あっ。そういえば、任務のほうで。あの魔術師、呪いをかけようとしてたんですよ。ザップさんに」

「それは途中で潰《つぶ》したし、あんな間抜《まぬ》けな呪詛《じゅそ》がかかるわけねーだろー」

ザップはそう言うが。

彼以外の、部屋にいる全員は、それぞれ目を見交《みか》わして。心をひとつにしている。かからないわけがない。この人は。

悔《く》やんで、レオはうめいた。

「俺が足を引っぱってしまったんです」

「つーても、こいつがいなけりゃ見えもしなかったですからね」

一応の気遣いなのだろうが、ザップがフォローを入れてくれた。それで気が晴れるというものでもないが。

クラウスが話を切った。

「呪術にも通じた闇医者に来てもらっている。検査を受けたまえ。今はミス・バーマが検査中だが」

「親子で仲良く受けたらいいいんじゃないのぉー、パパァー?」

「ううう。姐さん……」

などと言っていると。

スティーブンが咳払《せきばら》いして脱線を正した。

彼もライブラの重鎮《じゅうちん》のひとり、スティーブン・A・スターフェイズ。役付きではないがクラウスの副官という立ち位置にいる。

クラウスに比べれば優男《やさおとこ》といえるが。顔の傷痕《きずあと》と、ナチュラルに隙のない佇《たたず》まいは——特殊な視力から、ついそうした「間《ま》」に気づいてしまうレオには特に感じられることだが——実はクラウスともまた違う意味で恐ろしいのではないかと思う。

いつもそうするように、スティーブンは静かに正論を述べる。

「真偽《しんぎ》を確かめるなら、遺伝子鑑定が手っ取り早いんじゃないか」

「……こんな話、真に受けてる人いるんすか? そこのおっさんはともかく」

首だけ起き上がり、クラウスを指差してザップがうめいた。

ザップだけにではなく部屋の全員に、レオは告げた。

「でも、あの子確かに未来を予見するようなことを言うんですよ」

クラウス、スティーブン、そしてK・K。

あともうひとり、黒髪の美女がちょこんとソファーの上に立ち、さっきからK・Kに泣かされているザップの様をスマホで撮影し続けているのだが。

彼女、チェイン・皇《スメラギ》。人狼局《じんろうきょく》に勤める凄腕《すごうで》の諜報員《ちょうほういん》だが。日々、片《かた》っ端《ぱし》から苦境《くきょう》に陥《おちい》るザップの不遇《ふぐう》をこよなく愛好する変人でもある。

特に用事もないのに、今回のニュースを（どこからか）聞き入れ、喜び勇《いさ》んでやってきたようだ。ただ一方で、バレリーの話を信じるかどうかは別ということだろう。素《そ》っ気《け》なく発言した。

「リーディングというやつではなくて？」

その目は言外《げんがい》に、お人好《ひとよ》しふたりを騙《だま》すなんてわけないことでしょと語っている。

彼女が冷淡に見えるのは諜報員という仕事柄もあるのだろうが——というより、そう思っておきたいレオではあったが。とにかくその無情な眼差《まなざ》しにさらされると意気地《いくじ》が怪しくなる。それでも確信はないまま、レオは抗《あらが》った。

「うーん……絶対にトリックでないとまでは言えないすけど。でも、口先だけでは無理じゃないですか。魔術師の位置を当てたりするのは」

「グルなのかも」

「おかげで魔術師は拘束《こうそく》されましたし、死んでた可能性のほうが高かったくらいでしょう。魔術師の側にメリットがなくないですか」

「…………」

チェインが答えないうちに。

スティーブンが口を挟《はさ》んだ。

「トリックだとした場合……最低限でも、ライブラがギッドロを捕《と》らえるために仕掛《しか》けた日時、場所、人員まで把握《はあく》していなければならないことになる。そこまでの情報漏洩《ろうえい》はさすがに考えにくいんじゃないか」

やはりチェインは答えないが。

レオが声を震わせた。

「じゃあ、本当に……？」

しかしザップが、むくむくと起き上がって歯を軋《きし》らせる。

「あのなー。だからって時間を遡って人を送り込むなんて、超ド級ゴリゴリ神格ぶっちぎりの仕業《しわざ》になるだろうが。そんなもんが、十歳のガキの願いで気まぐれ起こすような真似《まね》
——」

と、レオと向き合って思い出したのか、失速する。

「うん。まあ……てめーみたいな例もあっけどよ」

もごもご言いつつ、またK・Kの笑いの下に沈んでいった。

途方もなく強大な存在は、文字通り、途方もなく強大な力を有している。

そして相応に途方もないメンタルで活動しているため、人間の論理からしてみると意味不明の気まぐれにしか思えない行動を起こすことは、ままある。というより、そんな邪神クラスの存在が人間レベルの利害や感情で動くなどというよりは、まだしもあり得るというほうが近いか。

どんな理不尽《りふじん》も、単にあり得ないからというだけの理由であり得ない、と断言できないのがこの街の難しいところだ。

「限られた情報内での推測だが――」

停滞する話をまた進めようとしたのはスティーブンだった。

「単純に未来の情報を持っているというだけではないな。彼女がそれを〝スポイル〟することで因果が変わることも計算に含まれていると思われる」

「で、その破綻《はたん》が大きくなり過ぎる情報は全部ブロックされているわけね」

相づちを打つK・Kに、スティーブンはしばし考え込んで。

「未来の情報か……そのブロックは解《と》けるのかな?」

その一言に、場の空気が凍りついた。

全員の目がスティーブンに向く。数秒して、彼は気づいたように言い訳した。

「いや、もし本当のことなら、彼女の情報が狙われる可能性だってあるだろう。どこかの……悪漢《あっかん》にでも」

「……それこそ、でっかい厄《やく》ネタだわね。どこの誰にも渡せない」

どことなく含みを持って、K・Kがつぶやく。

スティーブンはまた咳払いした。

「もうひとつ気になることがある」

「というと?」

レオが訊くと、彼は両手を広げ、

「十年後の未来から、現在に来た。という話だな。つまり彼女から見て十年前だ」

「そらそうでしょ」

これはザップだ。スティーブンはうなずいて話を続ける。

「どうして一年前でも三年前でも五年前でもなく、十年前に行かねばならない。父親に会いたいという願いなら、その時代でいいだろう。どうして時間を遡るオマケがつく」

「……そうっすね」

話の先が見えてきて、嫌《いや》な重みが増す。

スティーブンは最後に嘆息《たんそく》を混ぜた。

「あの少女にとって、母と同じく、父親も十年前に死んでいるのかも?」

ぴくり、と真っ先に反応したのはチェインだった。

瞳を輝かせてザップを見やる。

「死ぬ予定あるの? 大丈夫? ステキ?」

「なんか変なキモチ混じってねえか、尻尾《しっぽ》なし犬女。むしろあんのか? 見せろコラ」

歯噛みするザップを余所《よそ》に、K・Kもまた別の不満を見せた。

「なんにしろ、それだったら母親にも会える時代に行けばいいのに。なんでママ軽視なのよ。断固ムカつくー」

みなが口々に言う中で。

ずっと黙《もく》して聞いていたクラウスがゆっくり顔を撫でた。

「どうも、辻褄《つじつま》が合わんな」

スティーブンが肩をすくめる。

「まあ時間を遡るなんていうトピックに辻褄合わせも虚《むな》しいけどね。ただ、動機がしっくりこないのは気味が悪い。これが本物でもフェイクだった場合でも、何者かが手間をかけて子供を送り込んだことに違いはない。ザップを狙った仕掛けだ。注視しないわけにはいかないな」

「でも未来の情報といっても、所詮《しょせん》は子供の知識でしょう？」

レオが発言したのは、話の雲行きにどうにも落ち着かないものを感じたせいもあるが。

スティーブンの態度は涼しいものだった。

「それでもだよ。大統領の名前を知ってるだけで大問題だ。真偽を度外視しても、噂話《うわさばなし》ひとつ漏れれば何者が狙ってくるかわからない」

「……細心の注意を払ってくれたまえ」

重々しい、クラウスの声でミーティングは終わった。


「呪われてるなぁー……」

小柄な髭《ひげ》の男がぼんやりと、誰もいない方向を眺めながら言う。

正面に座るザップをもう一度ちらりと見て。

また目を逸《そ》らし、かすれ声で繰り返した。

「呪われてるなぁー……大丈夫かなぁー……」

「具体的な所見はないんすか」

臨時の医務室につき添っていたレオが訊ねると。

医師兼呪い師兼霊媒師の髭男は白衣の前をかき合わせ、ぞっと身震いしながら。

「怖いなぁー……だって痛いでしょー……」

「ああ」

すっかりふてくされた面構《つらがま》えでザップが同意する。

先のミーティングから十分ほど後だが、その間にも痛みが悪化したということで、バレリーの検査もまだ済んでいないところに割り込むことになったのだ。医務室の反対側では別の医師がバレリーを診《み》ている。バレリーは何度かザップをちら見していたが、ザップは頑なに無視していた。

「それねー……呪われてるねー……それかまあ病気だねー……心当たりはどっち？　じゃあ呪われてるねー……」

「あの。具体的な……」

「ああ、そうだねー……要はね、炎症だねー……血管を狙う呪いっていうのは珍しいねー……痛みから始まるっていうのは変わってるから、やっぱ呪われてるかなぁー……」

「血管？」

「普通は免疫系の仕業なんだけど、これは血管が血流の変化に反応して自傷《じしょう》するように仕組まれてるねぇー……身体の隅々《すみずみ》までわりと激痛だろうねぇー……安静にしてないと、三日と経《た》たずに立ち居も困難になるだろうねぇー……とりあえずステロイド点滴してみたけど、少しは楽になった……？」

「………………」

カラになりかけた点滴袋を見やったザップの表情からすると、答えずとも知れた気配だったが。

「呪いを解く方法は？」

「一番確実なのは、かけた当人に解かせることだねぇー。次に確実なのは、そいつを殺すことだねぇー……」

「そん次は？」

「まあ、片っ端からデタラメに解呪法試す手はあるけど、どうだろねぇー……爆弾と同じで、解けないように練《ね》ってあるのが呪いってもんだからねぇー……解呪法のほうが呪いよりドギツイことのほうが多いよねぇー……」

爆弾は解除するより安全な場所で爆発させたほうがいい。そういう話なのだろうが。

「ギッドロはこれから、専門家の尋問を受けることになるでしょうから……」

レオは明るい材料と思って口に出したのだが、ザップの顔は晴れなかった。点滴の針を外《はず》して上着を直す。

「何十年も裏社会で暗躍した悪党だ。口を割るのが何年後かわかりゃしねえよ。顧客《こきゃく》リストだの犯罪手口だの取引材料は腐るほどあるから、捕らえたカタキの益になるようなこと、真っ先にゲロするとも思えねえしな」

「じゃあ……」

まさか、とは思ったが。レオは一瞬思い浮かべてしまった。

ポリスに引き渡されたギッドロを、収容施設に移送される前に殺害する……？

いくらなんでも無法過ぎる。クラウスは許可しないだろう。ライブラの準縄《じゅんじょう》を離反することにもなる。

それでも咄嗟《とっさ》に声に出すことも、そして制止もできなかった。頭を過《よ》ぎったからだ。つい先刻の会合。スティーブンの懸念《けねん》……

もし、そうであるのなら。自分がどうすべきかわからなかった。止めることがザップの死を意味するのか、止めないことが意味するのか。

はたと気づけば、ザップと目が合っていた。彼の目はなにも語らない。ただこう言った。

「ま、どうにかするさ」

「あてがあるんですか？」

「ねえ」

「それならねぇー……とりあえず基本的に害のないレベルで、スンギュギベウラルムンアオダイショウ風《ふう》生物の酢漬け丸呑《まるの》みからいってみるかな……？　寝てる間に八十八本の魔釘をブッ刺していって目が覚《さ》めたら無効コースよりはいくらか死なないと思うんだけどなぁー……」

妙にびるびるした青黒いなにか（生きてる）を差し出す医者を押しのけて。ザップが席を立つ。

そのまま出ていこうとしたのだろうが。

ザップの姿を、バレリーがじっと目で追っている。

気まずさに足が鈍《にぶ》り、ザップは立ち止まった。向き直る。しぶしぶと、バレリーに。

「よお」

「パパ」

それで話の種が尽きたとばかりに。ばっさりと沈黙が訪れる。

見つめ合いが続き——

バレリーも立ち上がって、やや距離を詰め——

そのまま顔を近づけてガンつけを始めるふたりに、レオは横からつぶやいた。

「なんもないなら俺から話を振らせてもらいますけど、どうだったんですか？　バレリーさんの健康状態……というか」

「身体は健康。鶏《とり》ガラだけどね」

彼女を診《み》ていた、太った女医が答える。

「気になるのは問診だねぇ。答えてほしいことにゃほとんど答えられないってのよ」

「どんな質問を？」

「保険の有無」

「え……これ、保険利《き》くんすか？」

「利かないけど、医者の習性でね」

「はあ」

どう答えればいいのかよくわからなかったので、とりあえず、互いの頰《ほお》のつねり合いを始めたザップとバレリーを引き離す。

「この子に訊いても解決しないってことっすね……」

「いい女は謎が許されてるのっ」

真っ赤に頰を腫《は》らしたバレリーがふんぞり返る。

「なにがいい女だ、こんガリチビ！」

「ひっどーい！　それはパパが娘に一番言っちゃいけないことよ！　一番好きな人に一番よく似た人間なんでしょ！」

「なにがパパだ！　てめえが勝手に言ってんだけだろが！　お前なんて知らねえっつの！」

「っ……！」

それまで一歩も引かなかったバレリーが、よろめいて後ずさる。

しばらく言葉も出なかったようだが、ようやく声を絞り出した。涙こそこぼさなかったが、喉《のど》を詰まらせて。

「自分の娘に、娘じゃ……ないなんて。それ本当に一番言っちゃいけないことよ……」

急に小さくしぼんでいくような彼女に、ザップも引きつって絶句する。

勢いで振り上げていた拳《こぶし》と、震えるバレリーとを見比べて。ぞっとしたような顔色で腕を下ろした。

周《まわ》りを見る。女医も、看護師たちも。味方がいるはずないのは観察するまでもなかっただろう。ザップのポケットにスンギュギベウラルムンアオダイショウを詰め込もうと忍び寄る髭医者を勘定に入れたとしてもだ。

「う……う……」

しゃくり上げて。

「うわあああああん！」

泣いて飛び出していったのは、ザップのほうだった。

どたどたと足音が遠ざかっていくと。

バレリーがけろりと顔を上げる。

「なんてね」

あっさり医者たちに一礼した。

「お世話になりました。もう行っていいですよね？」

「え、ええ。でもね、ここは勝手に歩けるわけじゃ……」

女医の制止も、バレリーはひょいとかわした。

「パパを慰《なぐさ》めてあげないと。可哀想《かわいそう》」

自分で泣かせたくせに、とレオは思わないでもなかったが。

ともあれ彼女は軽い足取りで、ザップの出ていった通路のほうへと向かう。

「あ、俺がついていきますんで」

スタッフに断って、レオが後を追った。

医務室を出たところでバレリーが待っていた。改めて値踏《ねぶ》みするようにレオを観察して、言ってくる。

「……あなた騙されてなかったわよね」

「妹がいるんで」

「ふうん。あなた、パパのお友達なのよね？」

「…………………………ええ、まあ」

「即答しなかったから嘘つきじゃないわね。信じてもよさそう。お名前は？」

満足そうに、バレリーは小さい手を差し出した。

それを握り返して、レオは答える。

「レオナルド・ウォッチです」

「よろしく、ウォッチさん」

「レオでいいっすよ」

「そう？　じゃ、わたしもバレリーでいいよ。お友達にしてあげる……でも、勘違いしちゃいけないほうのお友達よ？」

「しないようにします」

通路を歩いていくと。

前方に、ボロ布のように倒れている人影があった。

もしくはザップによく似たボロ布だが。うつ伏せて、尻だけ上げてしくしく泣いている。

「グダグダに潰れて床に転がって泣いてるのはともかくとして、どうして裏路地とかじゃなくてこんなところで？　ザップさん」

「てめえよぉー」

一応ふらふら抗議に立とうとしたのだろうが、また弱ってくずおれる。

「痛《い》ってえ……」

「もうー。安静にしてろって言われてたじゃない。本当に世話焼けるのね」

助けになるのかならないのか、背中をさすってやりながら、バレリー。

ムッとしたザップが再び起き上がろうとした。

「なんでお前に世話なんて──」

しかし身を起こしてすぐにバレリーと対面し。

身体が痛むのかさっきのことを思い出したのか。弱々しく床に座り直すに留《とど》まった。

バレリーは滔々《とうとう》と話を続ける。

「男なんて、いい女が見ててあげないとすぐクズになるんだから。パパはママがいなくなっちゃったんでしょ。わたしがなんとかしてあげないと」

「…………」

百面相を混ぜ込んだような、なんとも複雑な面持《おもも》ちのザップだったが。

突如《とつじょ》、吹っ切れたように感情を削《そ》ぎ落《お》とした。目を閉じて、痛みも忘れたように立ち上がる。

そして。

「ケリをつけるぞ」

それは戦いを思わせる声音《こわね》だった。

「動いて大丈夫なの？　パパ」

大丈夫なわけはない。とレオは思ったが。

ザップは少なくとも体調については、普段《ふだん》と変わらないように見えた。つきまとうバレリーに、低いトーンで答える。

「歩いてる分には問題ない」

血流が血管を傷つけるのだとすれば、脈が早まるだけでもきついはずだ。

ましてや血法《けっぽう》は問題外だろう。

意識して血流を抑《おさ》えているのか、ザップは普段以上に落ち着いていた。隣で見上げるバレリーは、そんな態度を冷たいと感じるのか、邪険《じやけん》にされるよりもかえって不安げだが。

そんなふたりを後ろから眺めて。

（まあ、親子に見えるかっていうと……）

年齢差のせいもあるが、かなり無理はある。

ではなにに見えるかといえば、人さらいと少女としか言いようがないのだが。

物騒《ぶつそう》な界隈《かいわい》に入っていくと余計《よけい》に怪《あや》しげになっていく。その当のザップが道を選んでいるのだが。

「あの……ザップさん」

「んだよ」

「俺らはともかく、バレリーにはちょっと、このへんは。もう時間も遅いですし」

そろそろ夕刻も過ぎて、夜になる。

大通りから路地に潜《もぐ》り、廃屋《はいおく》となったアパートの玄関には怪しげな連中がたむろしている。怪しげな連中といえば、外の世界であれば「そんな見た目で人を……」といった話にもなるのかもしれない。

が。

この街で怪しげというのは、甲殻類《こうかくるい》と鶏の中間のような生物が壺《つぼ》に詰められたタコの内臓を啜《すす》っているところであったり、山ほど詰まれたハイヒールのひとつひとつに蛙《かえる》の卵を詰める内職をしているところであったり、道ばたで開頭された男同士が「よっしゃ！」「そんなら次はピン三本いくぜ！」と何本刺せるか脳みそ海戦ゲームに興じていたり、ヘンゲモネンギャコボラブツトルンデグがギャッキャウテベテン風にガボクスラッパリラしているところであったりする。

ザップは不機嫌《ふきげん》に答えてきた。

「つってもよ、アシュリーの情報仕入れるにゃ他に……」

言いかけてから、バレリーの目を気にして言葉を濁《にご》す。

「わたしは大丈夫よ」

バレリーが明るく言う。

「それで、ママはなんの仕事をしていたの？」

「…………」

レオとザップは、いきなり答えに窮《きゅう》したが。

しばらくして彼女は意地《いじ》悪《わる》く笑い出した。

「知ってるわよ。わたしもう十歳よ？　男の人をもてなすお仕事してたんでしょ」

「この……！　あああ」

ザップは怒鳴《どな》りかけたが、痛みが走ったのか気の抜けたような声をあげてすごすご引っ込む。

彼が弱った隙に、バレリーはザップの手を握った。機嫌よく話し始める。

「わたし、大きい家に住んでるのよ。名前も、そこではバーマじゃなかったと思う。十歳になったから、そこのパパ……そこの人がね、わたしが実は養子なんだって話してくれた。財産とか相続だとか、難しいお話ね。それで、望むんなら探偵を雇って本当のパパとママのことを調べてくれるって。ママのことは見つけられたの。写真も手に入った。でも、パパについてはあまりわからなくて」

ライブラの構成員であるザップの情報を手に入れるのは、一介《いっかい》の探偵には荷が重いだろう。腑《ふ》に落ちない話ではない。

「ママの日記に少しだけ書いてあったの。パパのこと。なにしてるのかよくわからないけど、いい人だって」

「その日記に、ザップさんの名前が？」

「うん。あと、ライブラって秘密結社で働いてるって」

「ザップさん……」

心から呆《あき》れ果《は》てた眼差しを注《そそ》ぐと、ザップは中指で返してきた。

「うっせーよ。天国級イイ女だったんだよ」

なんら理由になっていないことを理由に、断言してくれた。

ザップの言う「ケリをつける」とは、アシュリーの身辺を調査することで真偽をはっきりさせるということだった。

アシュリーに生前、娘がいたかどうか。いたとして、父親が誰なのか。

彼女の仕事仲間に聞き込むというので街に出たわけだが……

「んー？　ベラとアイン？　今日は見ないねえ。風邪《かぜ》でも引いたんかね」

「さっき葬式で見た。来てねえってこたねえだろ」

「そう言ったたってねえ。どの目でも見てないんだよ」

頭の周りをくるくる飛んでいる五個の眼球を指差して、その男（？）が答える。

「次行くか、次」

と、ザップに引っぱり回されて——

「なにかあったんですかね」

一時間ほど歩き回っても、アシュリーどころか仲間の足取りすら摑めない。

さすがにおかしいと感じ始めてレオはうめいた。

「まさか、これも封鎖されてるってことですか。矛盾ブロック……」

「ツキがねえだけだろ」

言い返すザップだが、やはり焦《あせ》りはにじんでいる。手に掴まっているバレリーは、歩きながらうつらうつらうつらとしていたが。

「眠い？」

レオが訊くと、バレリーははっと背を伸ばした。

「大丈夫よ。まだ、あれなんでしょ……ええと、宵《よい》の口《くち》！」

「今日のところはもう引き上げましょうよ。ザップさん。バレリーを勝手に連れ回してるって、本部のほうも怒ってますって」

「グウ」

渋るザップの気持ちを、レオはなんとなく嗅《か》ぎ取《と》った。バレリーの話を否定するために無理を押して出かけたのに、かえって補強しかねない結果になって癪《しゃく》に障《さわ》るのだろう。矛盾ブロックかなにかわからないが、こんな広範囲な因果まで操作するような真似は、それこそ超絶的存在の干渉が臭《にお》う。

トリックならば、仕掛けた何者かがアシュリーの仕事仲間を監禁か殺害しているのか。しかしベラとアインは行方がわからないわけではなく、通りには彼女らを見かけたという者もいた。にもかかわらずどうやっても会うことができない。別の身内を調べようと聞き込みの角度を変えても空振りする。

　人を仕込んで配置したと考えるには手が広すぎて無理がある。ザップは古馴染《ふるなじ》みの情報屋にまで当たったが、アシュリーにつながる情報は手に入らない。

　と。

　スマートホンが着信を知らせたので、嫌な予感を覚えながらのぞき込む。

「ほら。きっと叱《しか》りメールですよ……」

　スティーブンからか、と思ったのだが。

　メールではなく通話だった。緊急の用なのか。発信者は……クラウス？

「は、はい。レオです」

　スピーカーの向こうのクラウスは、淡泊《たんぱく》に告げた。

「非常事態だ。君の助けを必要とする」

「なんでしょうか」

「ギッドロが逃走した。隙を突いて不可視フィールドを再構築し、街に紛《まぎ》れた」

「え……場所はわかりますか」

「消失した地点しかわからない。既に四分が経過している。急げ。地図を送る」

　通話はそれで途切《とぎ》れた。ほとんど同時にメールがとどく。ギッドロが姿をくらました場所の地図と情報だ。

「なにがあった？」

状況を察したザップに手短に話しながら地図を参照する。場所は、ここから半マイルほどか。追跡にはかなり絶望的な距離だ。

躊躇《ちゅうちょ》している間に。

ぱっと、ザップが駆け出した。

「ひぎいいいいい痛《い》てえええええええええ！」

バレリーの手をレオに押しつけて、路地から飛び出すと。

大通りで一番最初に目についた車に突進していった。

黒塗りの高級外車にザップが目標を定めたのは、それがたまたま近くに停まっていたからだろう。

ドアが開き、エンジンもかかっていたからだろう。

そのドアの前に黒スーツの舎弟《しゃてい》数十人が居並び、葉巻をくわえた露骨にゴッドファーザー的な初老の男が乗り込もうとしているところだというのはこの際シカトしたのだろう。

激痛に泣き声をあげ、血刃を振りかざして、ザップが躍《おど》りかかるその後ろ姿を見ながら
——

レオは自分でも嫌気が差しつつも、バレリーの手を引いて追いかけていた。たとえハンデがあろうとも、黒スーツ連中にザップが負ける可能性は考えなかった。

実際、レオが車のところまで辿り着いた時にはザップが運転手を窓から蹴り出しているところだった。

「あ、わたし助手席！」

気楽に乗り込むバレリーを止める気にもなれず、レオは後部席に入り込んだ。タイヤを空転させる勢いで車は発進する。

「いいいいいいいでええええええええええ！」

痛みに打ち震えながらハンドルを切るザップに、横からバレリーが声をかける。

「平気？　パパ」

「どうっ……にか——気ィ失わないくれえにギリギリっ、だっ」

そう言いながらアクセルは踏み込んでいく。

「ザップ……さん！」

急いでシートベルトを締《し》めながら、レオは叫んだ。

「んだよ！」

「ザップさん！」

「だから、なんだよ！」

「………」

なかなか次の句が出てこなかったのは、バレリーの手前というのもあるが。訊くのが怖かった。そして、訊く前に己《おのれ》に確認しなければならないこともあった。それを自問しながら、声に出す。

（訊いて……どうするっていうんだ？）

意味がない。が、訊かねばならない。

「どういうつもりかは教えてください」

戦慄《おのの》く手で、シートの頭を摑む。そのシートではザップが痛みにわめいていて、暴走する車以上に暴れるその動きが手に伝わる。

嚙み締めるように、レオは続けた。

「捕まえに行くんですか。それとも、この機に乗じて殺しに行くんですか？」

「聞いてどうすんだ」

自問したのとまったく同じことを、ザップが訊き返してくる。

「わからないす。でも、教えてください」

「お前が見つけなけりゃどうにもできねえ。俺の答えが気に入らなければ阻止すんのか？」

「どっちをするんでも、知らずにやるのは嫌なんです」

ミラー越しに見据える。

ザップもまたレオの顔を見て口をつぐんだ。

沈黙の爆走が続く。

道路を高速で踏みつけ、左右に他車をかわす、駆動と制動の協奏が響き渡る。

沿道にタイヤが跳ねて派手にバウンドしてもザップは止まらなかった。目的地が近づいてくる。

緊迫の中、口を開いたのはバレリーだった。

「いいお友達には、ちゃんと答えないと駄目《だめ》よ、パパ」

ザップは無視しているようでいて、運転席から横目で彼女を見たのを、レオは察していた。

「本当よ。大事なことは誤魔化せないわ」

また無視するが、その代償とばかりに歯を食いしばっている。

「パパがチンピラでもわたしの愛は変わらないけど、パパにはわたし以外の友達も必要でしょ。そんなこともわからないの？」

「うっるせえええええこんクソガ――」

その怒鳴り声を。

バレリーは聞いてはいなかった。

一瞬に、素早《すばや》く瞬《まばた》きを十数回。そして囁《ささや》いた。

「スポイラータイム」

(彼女の意思で言ってるんじゃ……ないのか)

レオの観察眼は、彼女の表情と抑揚がお説教から連続していないのを見て取っていた。

「この道を直進。三百メートル先を右折」

瞬きは終わったが。バレリーはそのまま固まったように動かない。タイムとやらが終わっていないのか。

急ブレーキをかけて、ザップが車を停めた。そして。

「レオ。降りろ」

押し殺した声で言う。

「……え?」

唖然《あぜん》とするレオに、重ねて。

ザップはバックミラーから顔を逸らしていたが、それでも馨《かお》る表情の昏《くら》さに、首の後ろが粟立《あわだ》った。

ザップは続ける。

「確かに、俺の問題だ。おめーにさせるのは忍びねえ」

「そんな話をしたんじゃ――」

「降りろ。頼む」

レオが反駁《はんばく》するその前に。

鼻先に、血刃が突きつけられた。いつもながらに迅《はや》く、そして精妙なザップの業《わざ》……と言いたかったが。

激痛に震え、刃型も澱《よど》んだその刃《やいば》は、普段のザップとはまったく比較にならない。

「こんな状態じゃ……ギャングは捌《さば》けたって、あの魔術師相手には」

「かもな。どうにかなるさ」

彼を止められないか。目の能力を使ってでも。

それは当然考えるものの、ザップを今攪乱《かくらん》したところで次の手がない。叩《たた》きのめす？本部に言いつける？やるべきだと心から思える選択肢《せんたくし》がどこにもない。ザップを苦しませたくもない。

シートベルトを外し、ドアを開けて、外に出た。

車が発進する。進路をふさいだタクシー相手にけたたましく鳴らしたクラクションが、言葉なき弁明のようにも聞こえる。

あるいは捨《す》て台詞《ぜりふ》か。

そんなことを思いついてしまった自分を悔いた。

（……済ませられない！）

なにをすべきかはわからない。けれど、引き下がらない。

それをこの街に来て、崖《がけ》っぷちで抗う超人たちを見たことで摑み取った。

まだ自分には矜持《きょうじ》とまでは誇《ほこ》れずとも。手放したくはない。

レオは振り返って、夜の路上を見回した。

ザップと同じく、最初に目についた自転車に突撃する。

真正面から受け止めて。渾身《こんしん》の力で押さえつけると搭乗者に頭を下げた。

「これ、貸してください！」

「え……ええー……？」

「必ず返しますから！」

「そ……そうー。どうやって返すつもりかわからないし信用する根拠も謎だけど、まあいいよー」

顔は目で覚えたので、後日街を探せば見つけられないことはないだろう。説明する時間はなかったが。

ともあれ、人の好さそうな蝸牛《かたつむり》人間から自転車を借りて、レオはすぐさまザップを追って漕《こ》ぎ出《だ》した。ザップらの乗った車はとうに視界から消えていたが、乱暴な運転の痕《あと》を追跡していけばさほど苦はない。

問題は蝸牛人間の身体に合わせて、自転車もかなり歪《いびつ》だったことだが。ひたすらにペダルを踏み込んだ。夜の街を疾駆《しっく》する。

ザップの暴走運転の影響もありそうだが。警察のサイレン音も大きくなってきたのは、ギッドロの捜索に装甲《そうこう》パトカーを出張《でば》らせているのだろう。

走っているうちに、また通話の呼び出しがあった。クラウスだ。片手で取り上げ、応答する。危険運転だがこの際仕方ない。

「はいっ。レオです」

「八分が経過した。君は現場に到着したか？」

「ええと……近づいてはいるんですが、まだです」

「敵の居場所を特定してほしい。敵には気取《けど》られないように。まだ着いていないが、K・Kが向かっている。見つけたら先に彼女に伝えてくれ」

「わかりました」

通話を切って、また加速する。

考えをめぐらせる。ギッドロを見つけられたとして、ライブラに伝えたらザップと鉢合わせするかもしれない。もっとも、ギッドロが逃亡中というこの状況下なら——そして来るのがK・Kなら、ザップの行動を咎《とが》めない、だろう。恐らく。クラウスですらきっと黙認する。

（俺だって、どうしても止めたいとは思わない……）

けれど、それでいいのかというのはまた別だ。

だんだんと、なにを目指して自転車を漕いでいるのかもわからなくなってくる。

ギッドロの行方を捜すことと、ザップの追跡とを並行してやっていたが。次第にその両者が重なってきているのを認めた。やはりバレリーの〝スポイラー〟はザップを敵の居場所に導いているようだ。

レオの視界は身体も離れるレベルで広がり、その広大さに比して遅々《ちち》として進まない足に苛立《いらだ》った。やがて何重《いくえ》ものフェイクで欺瞞《ぎまん》しているギッドロを見ようとするよりもザップの車を追うほうが早いと割り切って、漕ぐのに力を回す。

ザップの車は迷いなく進んでいる。複雑な路地裏を大型車で走り回るため、車体はぼろぼろだ。

やがて、ほとんど壁にぶつかるのも同然に停車したところで。

「……熱っ」

隠形《おんぎょう》を破ろうとしたり複数の目標に集中したりで、目が熱を持つのが早かった。能力の限界だ。

遠視《えんし》をやめて、最後に車が停まった場所へ。あとは精一杯走る。

右へ曲がり、左に入って。

フロントを大破させた高級車を通り過ぎて——さらに裏道の奥へ。

鋭利に切断されたアスファルトにタイヤをとられそうになって、停まった。

激闘の跡が遺《のこ》っていた。きっと、戦闘そのものは長くとも数瞬だっただろう。音もなかったかもしれない。ザップの血刃の斬《き》り痕《あと》が、壁や路面に幾重《いくえ》にも刻まれている。

ゴミのボックスや、ビルの裏手に捨てられたオフィス器具、そんなガラクタも断面を見せている。非常階段も斜めに斬られ、ブランコのように揺れていた。積まれていたらしい雑誌もバラバラになって、紙片が宙に舞っている。

バレリーが心ここにあらずの状態で立っていた。彼女は無傷だ。

その彼女の足下に。大の字になってザップが倒れている。ひどい有様だった。身体のあちこちから血を流し、無傷の皮膚も赤黒く変色している。内出血だ。弱い血管から破れ始めたのだろう。

そして。

路地の真ん中に、ザップの編んだ血の網にくるまれて。ギッドロがぶら下げられている。

気絶していた。

「……殺さなかったんですね」

レオがつぶやくと。

「ちげえ。力及ばず……だ」

倒れて動かないザップが、皮肉げに鼻を鳴らした。

傷でいえばザップのほうがひどそうだった。一声発するのもやっとで、話を続けるには数秒待たないとならなかった。

もう指も動かせないのか。握っていたライターが、ことりと音を立てて落ちた。

「まあ、アオダイショウ呑《の》んで治《なお》るかもしんねえんだろ。呑んでやる。てめえも呑め」

「いや俺は」

と。

ふと、バレリーが動いた。一歩前に出たのだ。

そして彼女が素早く瞬きするのをレオは見ていた。

バレリーはそのまま、倒れているザップをまたいで進んでいく──彼女が歩いていくその先には、宙づりになったギッドロがいる。

怪訝に顔をしかめて、ザップが声をあげた。

「……おい。近づくな。そいつがホントに気ィ失ってるかなんてわかりゃしねえ」

だが、言った後でザップも察したようだった。

意識がないのはバレリーのほうだ。制止も聞かず迷いもない足取りで、魔術師へと近づいていく。

彼女がつぶやくのが微かに聞こえた。

「スポイラータイム。わたしはバレリー」

「待て！」

ザップは叫ぶが、動けない。レオも手を伸ばして駆けだしたが、バレリーはすでに数歩は先にいた。

そのたった数回、地面を蹴る時間を、スローモーションのようにじれったく、レオは噛み締めた。緩慢に思える身体の動きに比して、視覚は我ながら嫌になるほどに、少女の行く手にある破滅を予測している。

捕縛されていると見えたギッドロの目が彼女を見ている。その顔が邪悪に笑うのもレオは見て取った。

(……間に合わない！)

ギッドロがなにを喜んだか、それも見抜いた。バレリーを人質に形勢を逆転するつもりだ。もうザップは身動きもできない。

(奴の視界を――)

咄嗟《とっさ》に、敵の視覚を支配できる己の能力をレオは解き放った。ギッドロは知覚の錯乱に襲われ、動揺しただろう。

が、それだけだ。半秒、あるいは数秒までは時間を稼いだかもしれない。とはいえレオも足を止めてしまった。その間にもバレリーはギッドロに向かって突き進んでいく。しかもわざわざ名乗っていた。ギッドロは名前ひとつでどんな呪いをかけられるかわからない
……

「ンゴアアアアアア！」

澱《よど》んだ雄叫びが鼓膜を貫き、レオは思わず振り向いた。

感じたのは、その苦悶によじれたような声だけではない。熱気もだ。ザップが立ち上がっていた。威風堂々と……とは到底言えない。全身から血を噴き出し、バランスも危うく、

どうにか身体を地面から引きはがしただけ。そんな有様だ。

だが。

その血のうち、一筋だけが流れに逆らうのが見えた。

とうに限界は超えている。死んでいるほうが自然という容態だろう。

摂理に抗《あらが》い凶器と化すザップの刃は、レオがこれまで見た中でも最も不格好だったが。

注意をもどすと、バレリーも立ち止まっていた。意識がもどったのか目を見開いて困惑顔を見せている。

バレリーの顔の横を掠《かす》めるように。

ぎりぎりの最短距離で、ザップの血刃がギッドロの身体を貫いた。

炎をあげ、消《け》し炭《ずみ》と化すギッドロの身体を後ろに。爆風でよろけたバレリーを、レオはようやく捕まえた。惨状を見せないよう、押さえつけようとしたが……

もとより彼女は、ザップの姿しか見ていなかった。ある意味では焼け焦げたギッドロなどよりよほど凄惨な格好だが。そのザップからバレリーは目をはなさない。

「パパ……」

彼女の呼びかけを、ザップは耳にしただろうか。レオには判別つかなかったがともあれ。この少女と血まみれの男は、まったく同時に気を失った。

「あいつのスポイラーだとかに従って、奴を捕らえました。正直、楽勝でしたよ。奴の居場所、出方、逃げ方まで全部正確に教えてくれましたから」

再び、ライブラのオフィスにて。

今度の会合はザップの治療を待って数時間後、明け方も迫る頃に始まった。

報告はザップとレオ、それぞれが一度ずつ。別室でということにはならなかったので、尋問ではない。やはり今回のケースでは、ギッドロの殺害をザップの落ち度と見なす者はいなかった。

それについてはレオも素直にそう報告した。ギッドロにとどめを刺したのはバレリーを救うためだ。

ミーティングに出ているのはクラウスとスティーブンで、さすがに昨日のような気楽さはない。首に手を当て、スティーブンが何度目か、同じ自問を繰り返した。

「彼女の目的はなんなんだ?」

「彼女の……というより」

おずおずとレオがつぶやくと、スティーブンもうなずいた。

「そうだな。スポイラーというのが少女の意図でないとするなら、誰の、なんのための行動なんだ」

沈黙の中。

ゆったりした動作でザップが手をあげた。呪いから解放され、手当も受けて復調はしたが、まだ肉体に損傷は残っていて億劫そうだ。

しかし目に宿った感情の暗さは、それ以上に重たげだった。

「この件で得をしたのは、誰よりも俺っすよ」

「そう単純には言えない。ギッドロの証言を嫌った何者かという線もある」

「それにしちゃ、俺しか知り得ないクリティカルな情報がありすぎるでしょ」

「そうかもしれないが……」

理屈でというより、ザップの目の色を見て、スティーブンは反論を諦めたようだ。

結論の出ないままミーティングは終わり、ザップは治療にもどっていった。レオもつき添う。

そろそろ夜が明ける。

バレリーの検査のため、建前で設《しつら》えられたこの医務室は、すっかりザップのために使われていた。とはいえバレリーも寝かされている。あの場で倒れてから、ずっと回復していない。

昏睡ではないし、それほど心配はいらないと医者は言っていた。単純な疲労だと。ただし彼女はもはや単純な存在とは言えない。ライブラ内でのバレリーの扱いは、一段階ランクを上げたと見られた。

十年後の未来からやってきた少女という「可能性の低い仮説」から「可能性の高い仮説」へ。確定には至らないまでも状況証拠が揃《そろ》ってきた。合理的な疑いが残っても、ライブラは時に裁定を下す。超常現象に挑む性質ゆえだろう。

医務室で眠る少女と、そして同室にいるもうひとりの患者とを、レオは見比べた。ザップは椅子に座って、包帯を解く看護師に身を任せている。なにも見ず、なにも感じずにただそこにいるという佇まいだった。

「呪いはなくなったねぇー……」

髭の医者はやや残念そうだった。

君すら呑まんのなら、いったい誰があの大量のスンギュギベウラルムンアオダイショウ風生物を呑み尽くすんだ、と軽く愚痴《ぐち》っていたが、当のザップも相手にしなかったので黙ってしまった。

ただ、それでもなにか言わないと間《ま》が持たないのだろう。つき添ってきたレオのほうに、所見を述べた。

「頑丈《がんじょう》なもんだねぇー……呪詛を返したところで即死して然《しか》るべき状態だった気もするんだけどねぇー……なかなか安静になってくれんよねぇー……君たちっていうのは」

「いや、俺は別に、かなり普通なんすけど」

「あたしゃいろんなとこ転々としてきたけど、ここはかなり好きだねぇー……」

「そうなんすか」

「楽でいいよぉー……生かしさえすりゃなんの文句も言われないしねぇー……」

「生かして文句言われることってあるんですか？」

「へヘッ」

よほど可笑《おか》しなことでも言われたという風に、髭医者は笑った。

「死ぬしかないのを生かすためにリスクを取れば訴えられ、しなければやっぱり訴えられ。外界のほうが魑魅魍魎《ちみもうりょう》だらけってこともあるんだよねぇー」

「医療訴訟とかですか」

世間話だと思ってずっと生返事《なまへんじ》で相づちを打っていたのだが、少し気になる話題になってきた。

医者は髭を指でしごいて、つぶやいた。

「外界に負い目のあったあたしみたいなのには、大崩落は天の恵みだったよぉ。人間が久しぶりに人間様じゃあなくなった」

不気味に声音を歪《ゆが》め、肩を揺らす。

「御託《ごたく》をやめて、なりふり構わなくなったんだ。化け物が穴から出てきたってぇ大騒ぎしたが、人間も化け物になったのさぁー……怖いねぇー……」

そして取り出した青いびるびるしたスンギュギベ以下略を、放心状態のザップの口に押し込もうとして、ザップにぶん殴《なぐ》られて床に倒れた。

「ったく。クソ医者が」

椅子から腰を上げて唾を吐く。

もっとも、ザップの正気が戻ったのだからこれはこれで治療と言えるかもしれない。スンギュ以下略がものすごい勢いで床を這って通風口に逃げ込んだのが若干《じゃっかん》の不安要素だが。

「あなたのほうはもう大丈夫です」

看護師に言われて、ザップはまた顔色を暗くした。まだ寝ているバレリーを見やって、

「……あっちは?」

「じきに目を覚ますでしょう」

「目が覚めたら――」

教えてくれ、と言おうとしたのだろう。

が、言えずに翻《ひるがえ》した。

「いや、いい」

そうしてバレリーのベッドを通り過ぎ、医務室を後にする。

レオも彼について出た。

一歩遅れて通路に出たのに、ザップは五歩進んでいた。早足でせかせかと去っていく。

レオも走って追いかけた。

ザップはいったん、ビルの出口に向かいかけた。それに気づいてレオは足を止めた。どうせもどってくると予感した。

五秒後。

予想通りにザップはもどってきた。通り過ぎざま、レオの肩を叩いて、言った。

「ちっと、まあ……つきあえよ」


誰もいなくなっていたオフィスの窓を全開にして街を見渡す。

壮観だった。朝日が昇って、この霧烟《きりけぶ》る都市も明るく映《は》える。

高いビル群の間を気流が突き抜け、笛のように鳴る。

奇々怪々の魔が混沌《こんとん》と混ぜ込まれたヘルサレムズ・ロットも、風の怜悧《れいり》さに引き締まって見えた。

窓枠にもたれて煙草《タバコ》を取り出したザップだが、火を点《つ》けずにまたしまい込んだ。

「おめーもここに来て結構《けっこう》経ったよな」

「ええ」

「慣れたか？」

「慣れたかと思うと、翌日には見たことない生き物に襲われたりするんで……」

「そうだな。まあ、俺もだ。予想外の出来事がいくらでも起こりやがる」

ぐっと、伸びをするような格好をして。

気分のいい朝だが、ザップの顔は晴れていなかった。

「退屈はしねえからよ。わりと気に入ってる。あの藪《やぶ》医者と一緒だな。外でどう暮らすのかなんて、ちょっと考えらんねえや」

能力ではないが、ザップの目がどこを向いているのかわかった。

なにを言いたいのかも。

深呼吸して、ザップは続けた。

「明日どうなるなんてことも考えてなかったのによ」

「嫌なんですか」

「アアン？　いきなりクソ生意気で可愛《かわい》げもねえチビが出てきて、このフリーダム大帝ザップ様を煩《わずら》わせることをか？　なんだそれはよ」

「まあ……受け入れ難《がた》いですよね」

一応は同意して、レオは苦笑《くしょう》をこぼした。

「でも、バレリー。ザップさんのこと父親だって信じてて、すごく慕《した》ってますよ」

「それがうぜえってんだろ」

ひとしきりうなり声をあげてから、目を閉じる。

「つまりよ」

彼は唐突に言い出したが、頭の中で何度も繰り返した言葉なのだろう。

失笑するように鼻をこすって、

「こういうことか。呪詛に十年ボロカスにされた俺が、あのガキに必要な情報を仕込んで、呪いの大本を殺せた唯一のチャンスに送り込んできた、って」

「バレリーの話と食い違うので、スティーブンさんたちもそれが結論と思ってるわけじゃなさそうですが……」

「俺ァ、そこまでクズになんのか……？」

「……ザップさんがっていうんじゃなくて、十年も苦しんだら、誰でも……」

慰めは風に消える。

しばらくの沈黙を挟んで、ザップは言い出した。

「十年後、ここはどうなってるんだろうな」

「予想つきませんね」

「世界は今の姿のままなのか。また別の場所にも穴が開《あ》いちまってるのか。血界の眷属《ブラッドブリード》は何人減った？　それとも増えた？　三十六番街あたりのバーガー屋戦争は、さすがにケリついてんだろうなあ……あのオーガニックトーフババァども、今はブッコロ級に憎いが、戦いが終わるのを想像すっと、そんなに悪い奴らじゃねえような気もすんな……」

「変わらなさそうなこともいっぱいありますよ」

「だなァ……クラウスの旦那は今のまんまかな。くたばってなけりゃだが」

「ライブラ、どうなってるんでしょうね」

「まあ、いつ全滅したっておかしかねえことしてっけどよ」

ザップはオフィスのほうを見やる。

無人のオフィスは暗く、当たり前だが静まりかえっている。

ここに誰もいなくとも、活動しているスタッフはいるのだろうが。いつか、本当にここに誰も残らない日が、確かにないとも言えない。

レオも目で追って、話をもどした。

「クラウスさんたちは、今回のこと、だいぶ警戒してるみたいです」

いつもなら背中を丸めてPCに向かっている彼の姿はない。

ミーティングの後、一度引き上げたが恐らくバレリーの目覚めに合わせてもどってくるつもりだろう。

「未来の情報を持っているどころじゃなくて、歴史を変えるために送り込まれたんだとしたら。その方法を再現できるなら、とんでもないことに……」

歴史改変自体が新たな混乱をもたらすというのもある。が、それ以前に全土を巻き込んでの大抗争になりかねない。

過去を修正できるなら。人の欲望はさらに深まる。それが善であろうと悪であろうと際限なく。

……ライブラだって暴走しかねない凶悪ネタだ。

「だからどうしても真偽を確かめたいみたいです。多分、親子鑑定はじめてますよね」

「結果出るまで何日かかかるだろ」

「一週間くらいすかね」

あまりよくは知らないが、刑事ドラマではそのくらいだったと記憶していた。

当人の同意も取っていないはずだが、それについてザップはわざわざ触れなかった。言っても詮無《せんな》いことだと思っているのだろう。

ライブラは時に、際限なく楽天的な組織だ。そして一方で、身も蓋もなく酷薄《こくはく》な組織でもある。

人類世界の維持という題目は無敵だ。余計なことを考える余地もない。そしてそのためならば犠牲も厭《いと》わない。非道を、無法を踏み越えてでも。

レオがこの組織に身を置くことになってしばらく経つが、全貌は杳《よう》として知れない。クラウスですらすべてを把握しているわけではないのだろう。

「……もどるか」

ザップのつぶやきに、レオはうなずいた。

十年先を考えていられないというのは、朝日の中、しんみり語ってなどいられないということと同じなのかもしれない。

振り返るとそこに、小さい人影が待っていた。

部屋の暗さに目が慣れるまでザップは少しかかった。レオには関係なかったが。声をかけるべきは自分ではないと察して、黙っていた。

「パパ」

バレリーは、オフィスに吹き込んだ風に髪を揺らした。

スポイラー。クラウスの言う、引っかかる言葉。それを思い出す。確かにその時の彼女の笑顔は、いい女の兆《きざ》しを見せた。

「目が覚めちゃったんだけど、ここって病院じゃないから食事の用意ないんだって。おなか、すごくすいた」

ザップはそれをじっと見つめて。

歩み寄ると、無愛想ながら彼女に告げた。

「じゃあ……食いに出るか。なんかあるだろ」

3—Without your love, It's a melody played in a penny arcade.

「だからどうして週末だけでピザの箱がこんなに積み上がるわけ!?　もう少しで天井つくじゃない!」

「だからよー。言ってるだろ。金曜日はひとり二枚頼むっつうのがニューヨークの掟《おきて》なんだよ」

「なんなのその風習!　これだから崩落《ほうらく》以前生まれは!　ていうか二枚どころじゃないでしょこれ!　同居人に無断で部屋に柱増やさないで!」

そのピザ箱柱を蹴り倒した音なのだろうが、倒壊《とうかい》の物音と、その下敷きになったチンピラの「どわあ」が聞こえてきた。

はっきり言えば、この共同生活は始めて二時間でもう崩壊していた。

既《すで》に五日が経過しているが。ライブラが用意したのは高層マンションの4LDKで、住環境としては悪いものではない。家具もすべて揃《そろ》っていて生活感もあり、どうも住人が失踪した部屋を急いで押さえたのではないかという微妙な居心地《いごこち》悪さはあるが。

エアコンはまあ当然としてオートロック、バーカウンター、システムキッチンに豪華A

V設備と、基本的には至れり尽くせりだ。が、ザップにかかれば寝室も使わず居間に寝床《ねどこ》を作る（女もいねえのにベッドまで歩いてから寝る奴いるか？）、ゴミは部屋の四隅に捨てるならセーフ（だろ？）、基本全裸で歩き回る（寝る前に脱《ぬ》いだもんが見っかんねーんだよ）等々、初日からバレリーに金切り声《かなきりごえ》をあげさせた。

本来ならライブラ本部に監禁でもしておきたかったであろうバレリーを、部屋を用意してザップに面倒《めんどう》見させる——というのは、迷いどころだったのだろう。バレリーの封鎖された記憶から少しでも確度の高い情報を得るには、多少は彼女を自由に行動させたほうが見込みがあるという判断のようだった。ただ、今のところこの五日間、彼女に〝スポイラータイム〟は訪れていない。訊《き》いてみたところ、彼女はトランス中の記憶が曖昧《あいまい》なようだ。なにかあったことは理解していても、具体的には覚えていない。

この共同生活に、上からの命令でレオも組み込まれたのは、彼女が多少でも気を許しているように見えたからだろう。

数日間、セレブ暮らしでもして様子を見ていてくれればいい——という言い方ではあったが、実際にはあまり優雅な生活とは言えなかった。バレリーの説教がザップに対してのみならず、レオにまで向いたということもある（ほらちゃんと洗濯物出して。いちいちパンツとか恥ずかしがらないの。大人でしょ？）。せっかくホームシアターがあってもザップが居間を占拠しているということもあるが。

ライブラのスタッフがここを監視し、警護している。レオはそれが誰なのかも知らないが、同じ建物のどこかに張り込んでいるようだ。

部屋も多少、その都合で改造されている。

テラスはあったのだが窓はワイヤー入りの強化ガラス、そして開《あ》けられないよう改造が施《ほどこ》されていた。ライブラの手引きだろう。不快ではあるだろうが盗聴もしている、というのも、スティーブンから聞かされていた。バレリーには伝えていないし、ザップは気にもしていないようだったが。

レオが自分のねぐらから顔を出すと、居間でバレリーとザップが、ゴミを投げ合って口論していた。

「なにしやがんだガキ！　箱の角《かど》っこが存外に痛《いて》えぞコラ！」

「自分で積み上げた痛さでしょ！　あ、なにこれ。食べ残しを箱に入れたままにしないでってあれだけ言ったのに！」

「言やあその通りになんのか！　神か！」

飛《と》び交《か》うゴミで、なおさら部屋は散らかるのだが……

それを通過してレオはキッチンに入っていった。冷蔵庫を開ける。

トゥーンのように囓《かじ》り跡《あと》のあるチーズの塊《かたまり》と、びっしりスペースを埋《う》め尽《つ》くす缶ビール。隙間にかろうじて収まっているオレンジジュースのボトルを取り出して、コップを探した。ゴミ箱から流しの上まで空《あ》き缶《かん》が積まれているが、それを押しのけて奥にあるコップを引っぱり出した。水道でゆすいでからジュースを注《つ》ぐ。

「はあ……」

空《から》になったボトルを空き缶山の横に置いて。ジュースを飲み終えてからコップをまたゆすぎ、今度はもう少し手に取りやすい、缶から離れた場所に置く。といっても次に必要な時、ここがゴミに埋もれていないという保証はないが。

居間にもどって声をあげた。

「また買い出しに行かないと、ですねえ」

「あ？　ビールまだ残ってんだろ」

「ビールしか残ってないんです」

「……へえ」

なにか意味不明な言葉でもぶつけられたとばかりに、ザップが気の抜けた声で返事してくる。

「もうホンットに……これ本当なの？　こんな生活あるの？　建国の父が目指《めざ》したのはこ

れ？」

ピザ箱の山に身体《からだ》のほとんどを埋めて（投げ合いに負けたわけだ）、バレリーがうめく。

レオが掘り出してやると、彼女はほとほとくたびれたようにがっくり膝《ひざ》をついた。

「驚きよ。なんなのこの生き物。どうやって飼えばいいの？」

「適切な薬品がそろそろ認可されると踏んではいるんだけどね」

「オッ。テメそっちつくか。後悔ってやつは一生モンだぞ」

ガチガチと歯を鳴らして威嚇《いかく》してくる生き物はほうっておいて。

レオは嘆息《たんそく》した。

「とにかく買い物行ってきます。なんか欲しいものあります？」

「ビール」

「もう冷蔵庫入んないですよ」

「ぬるいの飲みたい時もあんだよ」

「入りきらなかった分はそっちの部屋にあります」

ザップが使っていない寝室を指差す。

そちらを向いたザップの顔つきからすると、もはや意地になっているのが見て取れた。

子供の我《わ》が儘《まま》だ。

「……でもビール。買い出し行ってビール買って帰らない奴が同じ屋根の下で息してるとか、意味がまったくわかんねえゆえに」

「はい」

根負《こんま》けする。ザップはそのまま上乗せしてきた。

「あとピザ。八枚」

「はい」

ここは出前が使えないため、これについてはまあ、買ってこなければならない。

「もうー、そうやってレオに面倒ばかりかけて」

バレリーが立ち上がった。

「わたしも行くね。手伝う。パパを許して」

「いや別に、大丈夫だよ」

「こっちの気晴らしもあるの。チーズと吸《す》い殻《がら》の匂《にお》いのないとこに行きたい」

こちらもこちらで聞く耳持たず、自分の寝室に駆け込む。着替えに行ったのだろう。

と、ザップも身体を起こした。ゴミをあさってシャツを引っぱり出す。

臭《にお》いを確かめてから袖《そで》を通すザップに、レオは訊いた。

「……ザップさんも？」

「ああ」

ついてくることになった。

バレリーが外に出るとなれば、仕事に切り替わる。


買い出しはだいたい、近くにある大きなショッピングモールと決まっていた。そこまでの道もライブラに監視されており、K・Kからメールが二度ほど来た。並木道を歩いた時に「そこは視界が悪いから通らないで」と。もうひとつは「あんたらもうちょっと自然に家族らしくできない？」

男ふたりが少女を連れて歩いている場合、奇異な目で見られないためには家族のふりでもするしかない。とはいえ、らしく見えるようにというのはらしく振る舞えということであって、正直そこは勘弁《かんべん》願いたかった。

「だからよー、役割を決めようぜ。ロールプレイってやつだ」

「はあ」

「なーんも考えずに連れだってるから見た目がアレなわけでよ。これでおめーがビシーとギルベルトさんみたいな格好《かっこう》してりゃだな、ああご主人様お嬢様および下僕なんだなと誰もが納得するだろ」

「ご主人様に難ありですよ」

「わたし、もう少し服欲しいなー」

自分の服を見下ろして、バレリー。これまで口には出さなかったが不服はあったろう。

彼女はここしばらく部屋に閉じこもりになっていた。ザップを叱るので退屈はしていなかったかもしれないが。それもそろそろ飽きてきた頃だろう。

(そもそも……)

レオは疑問に感じていた。誰に訊いても答えられないことだったが。

彼女はいつまでここにいるのだろう。

永遠にということもあり得るが。

ひとまずの節目は、親子鑑定が済んだら、か。

ザップは、アシュリー・バーマと知り合ったのはこの街《まち》に来てからと誓って証言した。

バレリーがふたりの娘ということが確定すると、可能性は絞られる。

(ていってもなあ)

徒労感は禁じ得ない。

きりのない話ではあった。バレリーが娘とわかれば、どうなるか。次は彼女がここ一年弱で急速に培養されたクローン生物だかなんだかでないかどうかを調べることになる。そもそも遺伝子そのものが信用に値《あたい》するかの検討も始まる。

途方《とほう》もない仮説を一個一個潰《つぶ》していくのは果てしがない。警察と違って、超常現象に相対するというのはそんな仕事だ。

（まあ、危険を冒《おか》してでも彼女を泳がせるのは、仕方ないのか）

何者かが目的を持ってバレリーを送り込んだなら、彼女の行動からそれが判明する可能性が一番高い。

ただしそれはバレリーの身も危険にさらす。時間遡《そ》行《こう》の話が完全に秘《ひ》匿《とく》されているかは不明だ。

気分のいい話とは言い難《がた》いものの。

実際に数日間、なんの進展もない軟禁生活につきあっていれば妥協も通用する。

もちろんこうしている間にも街《まち》が平穏無事であるわけではない。ライブラは別の事件や状況に対処していたし、それも重要度ではなんら変わりのない厄介《やっかい》ごとだ。

「役割だったら」

レオは提案した。

「バレリーにお嬢様の格好してもらって、俺たちふたりはボディーガードでいいんじゃないっすか。黒いの着て。なんか無線みたいなのつけて」

「はい、対象者ホワイトバーディ、今出ました。ブルーミー入ります。って？　ちょっと可愛《かわい》いかも」

多少、バレリーは乗り気だったが。

ザップは一蹴《いっしゅう》した。

「目立つだろそれ。誘拐《ゆうかい》さそってるようなもんじゃねえか」

「いや別に、ああ金持ちそうだって急に思いついて誘拐しないでしょ」

「おめーまだまだこの街がわかってねえな」

「だったらもう、女の人呼んでもらったほうがいいんですかね」

実際のところ、バレリーのストレスも考えると必要なケアだろうとも思うのだが。

そのバレリーが訊いてきた。

「それ、レオの恋人とかそういう人？」

「いいえ」

「じゃあやだ」

あっさりと却下《きやつか》される。

ザップも同じだった。

「誰呼ぶんだよ。スティーブンさんはこの件あんまり広めたかねえんだろうから、バイトの子守り雇うみたいにゃいかねえぞ。姐《ねえ》さんと同居じゃ、おっかなすぎるしよ」

「あ。ザップさん」

レオはスマートホンの着信をザップに伝えた。

「K・Kさんから、あとで絞めるそうです」

「なんであの人はスコープ越しに話が聞けるんだよ！　悪魔か！　悪魔イヤーは魔界耳か！」

わめいてから、ポケットに手を突っ込んで。ふてくされながらもザップは続けた。

「どのみち人手も足りてねえだろうし、これ以上こっちに回せねえだろ」

「それ、わたし迷惑かけてるって話……？」

バレリーが、少し不安をのぞかせて、言う。

「いや、それは」

否定しようとしてレオがうまい言葉を見つけられずにいると、ザップが横から言い切った。

「違《ちげ》えよ。こっちの都合の話だ」

ヘッ、と吐き捨てる。

「しかもわりかしクソみてえな都合だ。うっせえ。ガキが知ろうとすんな」

バレリーが訊くのも先回りして遮《さえぎ》る。

仕方なく彼女も諦めた。

「今日は好きなもの買い物していいの？」

「あー……？　好きなモンってなんだよ。ファミコンか」

「服って言ったでしょ。さっき。あともう家の中にいるの限界だから、時間つぶせるもの欲しい。駄目《だめ》？」

「ファミコンか」

「違うわよ」

「じゃあなんだ。ファミコン二個か」

ザップの顔を見上げて、バレリーが力一杯眉間《みけん》にしわを寄せる。

「冗談で言ってるわけでもないっぽいのが怖いんだけど……パパって子供時代とかなかったの？」

「ねえわきゃねえだろ」

「思い出の玩具《おもちゃ》ってなんかある？」

「どうだかな。木の。角張《かくば》ったやつ」

「積み木？」

「違う。ああ、あれだ。角材」

「……パパ」

「あんだよ」

「頑張《がんば》って」

「なんで応援されんだよ」

蔑《さげす》みつつも憐《あわ》れんだ複雑なバレリーと、その脈絡すらわからないザップだが。

レオは昔、妹と同じ話をしたことがあるのを思い出しながら話に入った。

「じゃあ、バレリーの三番目に欲しいものならなんでも買っていいよ」

「え。なんで三番なの」

訝《いぶか》しむ彼女に、レオは肩をすくめる。

「一番と二番は、絶対買えないものなんだろ」

「そ、そんなことないよ」

「一番は？」

「……子馬」

「二番は？」

「ピアノ。あと先生」

「で、三番は」

しばらく考えてから、バレリーはつぶやいた。

「鉛筆とクロッキー帳」

若干《じゃっかん》つまらなさそうではあったが。子供が現実的にものを考え始めるのは第三希望くらいからだ。

「絵を描くの？」

彼女は前髪をいじって答えに迷った。

「そんなでもないんだけど……子馬、ホントに駄目？」

モールに着くと、平日の昼だけあってまだ緩《ゆる》やかな客入りだった。露店や下町と違って人類《ヒューマー》向けの商品が多いのだが、それだけに物見遊山《ものみゆさん》でやってくる異形《いぎよう》の住人もそこそこいる。

基本的に警戒が常態であるので、入り口で簡単な武器チェックがある。銃器に類するものは当然持ち込めない。重武装警備兵が詰めているが、頭部装甲は様々なキャラクターを模したフレンドリーなカムフラージュを施されている。客商売だ。時折、お子様が後ろから蹴りに行く。しかしセラミック、チタン、強化プラスチックの複合装甲の頑強さに負け、足を抱《かか》えて転がる子供集団を見るのもここの風物詩だ。

もちろん、思いつく大抵《たいてい》の店は入っている。服だけでも高級店から安売り量販店まで揃《そろ》っていた。ヘルサレムズ・ロットの住人が相手となるとサイズもＳＭＬくらいでは到底《とうてい》間に合わないので、翼あり、尻尾《しっぽ》あり、変身で破れても交換可、等々。この頃はどんな体型にも合わせせられるブロックピースタイプの自在組立服というのが流行《はや》っているらしい。まあ、レオが一度見に行ってみたら、要はマジックテープのついた端切《はぎ》れが適当に袋詰めになっているだけだったが。

こんな混沌《こんとん》の街にも流行というのはあり、ささやかな変化や順応を見るのは楽しかった。だからレオは用事でモールに来ると、人間専門の店よりはそちらのほうについ足が向いた。なにか買うものがあるわけでもないが。まあ、高級ブランド服にも縁はない。

バレリーの要望に従って、モール内のブティックをすべて回る羽目《はめ》になった。マダム向け品揃えの一環か、どの店も子供服を用意している。

資金はライブラから受け取ってある。彼女の機嫌取りに使って構わないとも言われたので、よそ行きドレス一着くらい買ってもいいのかという気はしたが。ことに、興奮したバレリーの顔を見れば。

「ざけんな」

まあ綺麗《きれい》まあ可愛いお人形さんねと持ち上げまくる店員の前に、ザップがインネン顔で割り込んだ。

「こんなもん着てどこ行くんだ。学芸会か。パーチーか。葬式か。それ全部か」

「ええまあ。あとは大切な会食なども」

「誰と会食すんだ、こんなガキが」

「いえ、ですからお父様が取引先とご会食でもあれば、お嬢様をお連れすることも」

「なんでそんなことすんだ。暇か」

「もうー」

後ろからザップのズボンを摑《つか》んで引っぱりもどし、バレリーは告げた。

「別にこんなの、用があるから買うものじゃないでしょ。ただ持っててたいってだけよ。わたしにプレゼントが嫌ならパパに買ってでなんて言わないから、理由探すのなんてやめてよ。つまんないよ」

そう言われると。

(……また、ていよくハンドリングされてるのはわかってっけど逃げ道がもう全脱衣大暴れご破算コースくらいしか残ってねえなー、って考えてる顔だな)

とレオにもはっきりわかる渋面《じゅうめん》で、ザップが引き下がる。

「買ってやれよ」

せっかくなので帽子と靴までひと揃い購入して。

値段の桁《けた》に一瞬キモが冷えたが、レオのカードは普通に通過した。ライブラは本当に資金を入れておいてくれたのだろう。

大きな袋をいくつも渡され、バレリーはかなり浮かれて見えた。

「俺が運ぶよ」

そうレオが申し出ると一瞬口を尖《とが》らせたくらいだ。

「パパが持ってよ」

「なんでだよ」

またザップがごねると、彼女は微笑《ほほえ》んで、

「だって、パパから初めてのプレゼントだもの」

結果、また同じ渋面のザップだが。

しぶしぶ荷物持ちになった。

まあ厳密には代金はライブラ持ちなのだが。彼女が満足しているならいいのだろう。

「あ、クロッキー帳、これがいい」

違うフロアの文具店で獲物《えもの》を見つけたバレリーに金を渡す。

レジに向かった彼女を見送って、レオは一息ついた。

「食料の買い出しがまだ残ってるんですよね。どうしますか。いっそ、ここで食べてきますか」

「……好きにすりゃいいだろ。ガキの言う通りによ」

大荷物を抱えて気鬱《きうつ》な声を出すザップに。

ふと気づいたが、ここ五日で初めてかもしれなかった。バレリー抜きでザップと話す機会は。あの朝以来だ。

しばらく気まずく沈黙を我慢していたが、意を決してレオは口を開いた。

「なんか、ずっと元気ないすね」

「ずっとってこたねえだろ。怒鳴《どな》り疲れただけだ」

「うーん……」

「なんだよ。クソの切れ悪《わり》いな」

苛《いら》つくザップにレオはかぶりを振った。

「いや……なんていうか、ザップさんっていつもいつも負けるのはともかくとして、負けるつもりで喧嘩《けんか》はしないじゃないですか」

「オウ。いつも負けるのはともかくのあたり、あとでケツ蹴るからな」

「バレリーとの喧嘩は、ザップさん、勝つ気ないように見えるんですよね」

「しゃあねえだろ。あれでも、ライブラのお客さんの立場だ。てめえだって気前いいふりしてご機嫌取ってんだろ」

「いや、そういう話とはまたちょっと違って」

と。彼女の姿を目で追って——

ぼとぼとと、ザップは抱えていた袋を全部落とした。

「え……？」

レオも我が目を疑った。いや、我が目でもないのだが、それはともかく。

レジまでの距離は十メートルほどか。店舗が狭いので、荷物のあるザップは外から見ていた。レオもそこにいた。

バレリーはレジに向かっていたはずだ。その時点では店舗内に、店員と彼女の他には誰もいなかった。今はバレリーの姿もない。

「探せ」

「はい！」

すぐに目を使う。

街を探して蝸牛《かたつむり》人間に自転車も返却できた視力なのだが。

店の周辺にバレリーの姿を見つけられない。

ザップも行動を起こしている。

商品も蹴散らしてレジに突撃し、店員の胸ぐらを掴みあげた。

「おい。今ここに来た娘はどこ行った！」

「え……え？」

店員は狼狽《うろた》えて——恐らく、なにかのスイッチでも押したのだろう。

警報音とともに、店内と周辺の照明が消えて暗くなる。さらに店員ごと霧状粘着剤を大量に吹きかけられ、固まったところで電気が点《つ》いた。そしてその頃には左右の通路から一斉に、重武装警備兵が子供受けしそうな勇ましいBGMに乗って集合してきた。

（さすがモールの警備体制……！）

思わず感心してしまうが。

警備員がキャラクターを模したヘルメットの眼《め》を赤く点灯させ、「危険はありません。危険と思うあなたが危険分子です」と高らかに音楽を流しつつスラグ榴弾《りゅうだん》やドリルランチャーを装塡《そうてん》している姿を見ると、あまり気楽にもしていられない。あたりにいたキッズ層は大はしゃぎだが。

「ザップさん！」

「お……おう」

ザップは一応まだ反応できるようだ。

店員脅迫体勢のまま相手もろともかちかちに固まり、口も動かしづらいのか声がくぐもっている。

「こっちはどうにかすっから……ガキ探せ」

「そのつもりでした！」

「オウてめあとでおぼえてろ早く行け！」

微妙に矛盾したザップの言葉を受けつつ、レオはその場から離れた。

通路を走りながら、目の探索範囲を広げる。バレリーが自分から姿をくらます意味は思いつかないし、そう早く移動するわけもない。考えられるのは……本当に誘拐か？

捜索を続けながら電話を取り出し、Ｋ・Ｋに一報した。

「レオ!?　なにがあったの！」

向こうも異変を察していたのか、逆に訊かれる。

口早にレオは答えた。

「緊急事態です。バレリーを見失いました」

「こっちはまだ外よ。突入にはあと……二十秒！」

「待ってください。それより、モールの出入り口を監視お願いします」

「って、モールの出入り口なんていくつあんのよ」

「すみません。誘拐の可能性もあります！」

通話を切る。

集中に集中を重ねた。もう自分の周《まわ》りは見ていられないので、通路の観葉植物の裏に座り込んで人通りを避ける。バレリーの形をしたものを探すだけではない。バレリーの要素を探す。バラバラにされて運ばれている――とまで考えたわけではないが。とにかく少しでも手がかりを求めた。

向こうの通路で、ドカンバゴングシャバリリーンの戦闘音が轟《とどろ》き、気を散らせた。ザップと警備員の乱闘が始まったのだろう。とりあえずどうでもいい。静かなら死んだのかもしれないが、騒ぎのあるうちは生きているのがザップだ。

（どこだ……？）

このモールにいる人々の顔、顔、顔……を探していく。混雑のピークではないにしろ人ひとりを探すとなるとすぐにはいかない。

気が急《せ》くが、見逃せば意味がない。顔。似ている。違う。次の顔。違う。こっちは？

違う。いや――

通り過ぎかけた意識をもどす。

バレリーの耳が見えたように思った。指も。別の場所ではなく、同じところに。

注視する。遠くなかった。吹き抜けになった通路の向かい側。

土産物《みやげもの》ショップの前だ。奥には客用トイレがある。

そこに、半植物半人間という格好の男がいる。右半身が人間、左半身がウツボカズラの捕虫器に似た器官になっているのだが。

その器官の蓋《ふた》から子供の足首だけがはみ出している。バレリーの耳や指が見えた気がしたのは、その捕虫器全体が半透明で、紋様《もんよう》のように絡《から》まった葉脈の向こうに、かすかにバレリーの姿が透けて見えたからだ。

「バレリー!」

レオは叫んだ。吹き抜けの向こうに渡るには遠回りしないとならない。

植物人はレオの叫びにも反応を見せない。そもそも、文具店の大乱闘もまったく気にしている様子《ようす》はないが。

幸い、逃げようともしていない。レオは全速力で走りだした。駆けながら植物人を呼び止めようとして……

ひときわ大きい、地響きのような震動につんのめった。振り返ると文具店に殺到する警備員が重装甲ごと吹っ飛んで、宙を舞っている。

そして、飛んでいる彼らを飛び石のように足場にして。

ザップが空を駆けていた。店員を身体に接着されたまま。

まるでスローモーションのように感じたのは、その重武装警備兵のひとりが砲弾のように自分に向かっているのがわかったからだ。死を覚悟して身体が固まる。が、ザップがその警備員も蹴飛ばして軌道を変えた。レオのすぐ横に、重装甲の警備員が突き刺さった。

その衝撃でまた転びかけた。ザップは軽やかに通路に降り立ち、そのまま躊躇《ちゅうちょ》せず植物人に襲いかかる。

血刃を一閃《いっせん》。それで両断するつもりだろう。ザップの精妙さであれば、中身のバレリーを傷つけずに捕虫器だけを切り裂ける。はずだ。

が。

その瞬間に、捕虫器の蓋が開いてバレリーが逆さまに吐き出された。

ザップはその刃《やいば》を振りかぶって。

そして。

斬《き》りつけないまま血刃を引っ込めた。

捕虫器から床《ゆか》に落ちて、バレリーが目を丸くする。

「パパ……？」

さらに、周辺に次々降ってくる重武装警備兵に悲鳴をあげ、ザップにしがみついた。

「なになに！　なんなのこれ！」

騒動が収《おさ》まるまで、それから十秒ほど……

静けさがもどってから植物人が動きを見せた。そーっと、ザップに近づいていく。

「………？」

身体に店員が貼りついている上、あたりは機能停止した重武装警備兵だらけ、おまけにバレリーにも抱きつかれて動けないザップだが、無言で植物人の動きを見やっている。攻撃動作を見せれば即座に仕留める殺意を練《ね》って。

植物人がザップに顔を近づけて嗅《か》ぎ回《まわ》っているうちに、レオも近づいた。

うっとりと、植物人がザップに告げる。

「今度はあなた、吸わせていただけないですか……？」

「買い物して、パパたちのところにもどろうとしたら、向かいの通路であの人が煙草《タバコ》吸おうとしているのが見えたの」

あの人というのは植物人のことだ。

アーノルド・ケップンツル・カボラ氏。根を張ってなに不自由ない（移動はできないが）生活を送っていたものの、工事で地面から引っこ抜かれてしまい、仕方ないので人として生きていくことにした。らしい。

見た目も整え、名前も考え、人間の生活を真似《まね》するうちに喫煙にはまったんですよ。人間だから頑張って酸素を吸おうとは思っているんだけど、君たちの感覚で言うと、尿を飲んでるような気分なんだ……だからせめてね、味でもないとねえ、嫌なんだよねえ。あなたたちも尿を飲む時は味つけするでしょ？

まあそんな話にいちいち突っ込んでもいられなかったが。

ともあれ、三人一緒に連行された警備員室でバレリーは切々《せつせつ》と事情を説明した。

「それで、注意しに行ったら。わたしのこと嗅ぎ始めて。わたしを吸わせてくれたら、髪についた煙草の臭い取ってくれるって……ホントかなって……ごめんなさい……」

かなりこっぴどく叱られたものの。

店員のほうにも勇《いさ》み足《あし》の落ち度があったと認められ、ザップが駄目にした商品を買い取るということで手打ちとなった。

結果、食料の買い出しのほうも済ませるとかなりの荷物になった。分担して、バレリーの服はレオが、食料品と買い取らされた文具はザップが、血で網を編んで担《かつ》いでいる。

「粘着剤でべたべただけど……お湯で拭《ふ》けば取れるんだって、これ」

塊になった文具を抱えて、バレリー。バスケットボールほどの大きさになっていたがペンや絵の具なので、そう重くはない。

話しながらしきりに、ちらちらと顔色をうかがっている。レオは笑いかけたが、彼女が気にしていたのはザップのほうだった。ザップがまったく一言も発していなかったからだ。警備員室からずっと。

モールからの帰り道、もうじきマンションに着く。

気まずいまま帰宅することになるのか、とレオが思い始めたところで、不意にザップが口を開いた。

「おめえよ」

「……なに」

バレリーが返事すると。

ザップは淡々と訊ねた。

「自分がどういう立場かわかってんのか」

「え……？」

「未来からやってきたとか抜かして、人を勝手に父親扱いしてよ。ライブラがおめえを保護してんのは暇だからじゃねえぞ。てめえが本当に誘拐されれば、あのモール根こそぎ粉砕するようなことにもなりかねねえんだよ」

「ごめんなさい」

いつにないザップの調子に、バレリーは言い返すこともなく頭を下げたが。

ザップはやめなかった。

「お前さ。いつまでいるんだ？」

「ザップさん」

レオが止めるには遅きに失したのだろう。

冷厳にザップは続けた。

「急に現れたくせに、いつまでいるのかは言わねえな」

「………」

揺れる瞳で見上げてから、バレリーは声もないまま、だっと駆け出した。

そのまま、マンションのロビーに入っていく。キーは彼女も持っているので帰れるだろうが。

レオは足を止めそうになったが、ザップは構《かま》わず進んでいく。通り過ぎざま、こうつぶやくのが耳に入った。

「ほらな」

空《むな》しく息をつく。

「勝つつもりでやる話なんざ、ろくでもねえ」


部屋にもどってもバレリーの気配はない。

寝室にいるのだろう。気まずいが、確認はしないとならないので目を使って少し透視した。バレリーの背中が見える。ベッドの上に座り込んで、じっとしていた。

ザップはバレリーの寝室をきっぱり通り過ぎて、食料品を片づけるためにキッチンに向かった。適当に袋を投げて冷蔵庫からビールを半ダース取り出し、居間の巣に引きこもった。

口の中の嫌《いや》な味を誤魔化《ごまか》すためなら、レオもなにかしら飲みたい気分だったが。

軽く頭を抱えてから、寝室のドアをノックした。

返事はなかったが。扉越しに声をかける。

「服、ここに置くよ」

ドアのすぐ脇に袋を置いておく。

レオも自分の寝室にこもった。

眠気はすぐ襲ってきた。ベッドに寝そべって天井を眺《なが》める。自覚はなかったが、寝入っていた。目が覚《さ》めたことにも気づけなかった。とにかく次に時計を見た時には四時間経《た》っていた。

窓の外を見れば怪奇が嫌でも目に入ってくるというのに、ささやかな睡眠の不可思議に首を傾げる。皮肉なのだろう、と思う。

眠って目が覚めたその時、昨日の自分と同一人物であるかどうかは誰にも保証できない。眠るたびに死んでいるのかもしれないし、その自分には二度と会えないのかもしれない。それでも眠らずにはいられない。世界はそんなところからもう理不尽だ。

そしてそんな幻想に耽《ふけ》っていても尿意がやってきて、すべてどうでもよくなる。人は長く詩人でも賢者でもいられない。

廊下に出てトイレに行こうとすると、居間のほうに気配を感じた。

大いびきをかいているザップは言うまでもないが。バレリーが向かいのソファーに腰掛けて、彼を見つめていた。ただ見ているのではない。クロッキー帳を広げて、ザップの寝顔を描いていた。

灯《あか》りは点けずに窓からの月明かりだけで。無心に鉛筆を走らせるバレリーの姿に、レオはまたいったん幻想に引きもどされかけた。

だがやはり手洗いに行った。

済ませてもどっても、やはりバレリーはクロッキーを続けている。リビングの入り口にレオが歩み寄ると彼女は手を止めた。

「ザップさんを描きたかったのかい？」

話しかけたのはレオからだった。

バレリーは首を振る。

「ううん。考えてたわけじゃないけど……何度も描いたら忘れなくなるでしょ。パパの写真、見つけられなかったから」

「まあ道具なら、ダース単位で買い取りしたしね」

「うん」

見るとバレリーは既に二、三冊、描き捨てたクロッキー帳を積んでいた。

真っ黒になった手でまた新しい鉛筆を削《けず》り始《はじ》めたバレリーに、レオは訊ねた。

「……帰る準備ってこと？」

彼女は応《おう》とも否《いな》ともつかず、曖昧に微笑んだ。

「言われるまでよく考えてなかった。でも、そうよね。ずっといられるわけないんだし」

「ずっといたかったのかな」

「よくわからないの。自分のいた時代のことはほとんど思い出せないし。でも、パパと会ったら、帰ることなんて考えないでしょ。どこ帰るの？　普通はそこが家よね」

「事情が複雑だから」

我ながら、大人じみた嫌な言葉だ、と思いつつ。言う。

大人の言葉とは、つまり、相手と友達ではない言葉のことだろう。

バレリーが器用にカッターを使うのをしばらく眺めていた。あたりはザップの撒《ま》き散《ち》らしたゴミだらけだが、彼女はティッシュを敷いてそこに丁寧《ていねい》に削りカスを落としている。その山も結構《けっこう》な大きさになっていた。

レオはかがみ込んで、彼女が描き終えたクロッキー帳に手を触れた。

「見ていい？」

「下手《へた》よ」

はにかんだバレリーの顔からは、彼女が内心まんざらと思っていなくもないのが見て取れた。

表紙をめくる。ザップのだらしない寝顔が全ページにわたって連作になっている。子供の絵ではあるが、なるほど悪くはない。見たままを描き過ぎて別人になってしまっている顔もあるが。

「ママの日記にね。パパのこと書いてあった。わたし、どうしても会いたかった。ママにも会いたかったけど、日記で見たら、パパとはそんなに会ってなかったみたい」

「ママは、ザップさんのことをなんて？」

バレリーは即答した。

「腕っぷしは強いけど、馬鹿《ばか》だって」

くすっと笑って言い添える。

「でもどんなに賢《かしこ》い人よりも優しいって。パパといると、ママ守られてる気がいつもしてたって」

「ザップさんにとってはいきなりの話だったから、あんまり普段《ふだん》通りじゃないのは仕方《しかた》ないかも——」

代弁しようとしたレオに、バレリーはきょとんとする。

「え。わたし、ママの言った通りだって思ってるよ」

「そうなの？」

「うん。見たらすぐわかったよ。馬鹿なんだなあって」

「まあ、それはね」

「優しいのもね。そりゃ、肩車もしてくれないけどさ」

そんなことはねだったこともなかったはずだが、彼女は口を尖らせた。

力んだか、ぽきりと音を立てて鉛筆の芯が折れる。

手元を見下ろして、バレリーはつぶやいた。

「パパなんだから……会えばすぐ親子になるんだって思ってたんだけど。パパはそうじゃないのかな」

紙には、半分ほど描かれたザップの顔がある。

本物も近くにいるが。レオは絵のザップと――彼女が連れて帰ろうとしている思い出と少女を見比べた。

「ザップさんは、後ろ暗いんだと思うよ」

「なんで？」

「未来の自分が、すごく身勝手な理由で君を利用したんじゃないかって想像してる」

「…………」

バレリーはしばらく押し黙ったのちに、クロッキー帳を閉じた。

ちびた鉛筆を、かつて鉛筆自身だった削りかすの山に突っ込み、ティッシュごとくずかごに捨てる。これもなにかの皮肉《ひにく》と言えるのか、ザップは部屋をこれだけゴミためにしておいて、くずかごは空っぽだった。

「ホント、馬鹿よね」

ソファーを立って、バレリーは眠るザップを見下《みお》ろした。

「許せるか許せないかなんて、いなくなってからでいいじゃない。今しか会えないんだから。今しか！」

おやすみ、と男ふたりに告げて。

クロッキー帳を抱えて彼女は寝室に退散した。

恐らくバレリーが寝入るのに要するであろう十分ほど経った頃に、ザップのいびきも静まっていった。

完全に止まってから、レオは口を開いた。小声で訊ねる。

「起きてるんでしょ？」

「間近で長話されちゃあな」

ザップが目を開ける。ばれているのは感じていただろう。

が、レオはもうひとつ突っ込んだ。

「バレリーがスケッチしてる時から起きてたんじゃないですか」

認めようとせずに、ザップは黙して顔を撫《な》でたが。

反論できないと踏んで矛先《ほこさき》を変えたらしい。

「起きてんのがわかってて、てめよくあんだけずけずけ話せるな」

「腹が立ってたっていうのもあったんで」

「なにムカつくことがあんだよ」

「真相がどうあれ、ザップさん助かったんだし。子供に当たることはないでしょ」

ゴミの中で身を起こして。

頭を掻《か》いて、ザップはうつむいた。

「アシュリーにはツテで紹介されて、何度か会った。で、なんとなく、理由ねえけどここしばらく会ってなかった」

思い出でもない。記憶というほどでもない。

淡々とした報告に過ぎなかった。ザップはそれも厭《いと》わしく、唇を噛《か》んだようだった。

「いい女だったよ。とびっきりの。ただ……それくらいしか知らねえんだ」

顔を上げ、バレリーが座っていた場所を見据《みす》える。

「そんなことってあるかよ。あいつにとっちゃ、ママとパパなのによ。あんまりだろ」

「……俺にはなんとも言えないですけど」

「煽《あお》っといてそれかオイ。ソッコーな裏技教えたらんかい」

「そんなものないですよ。そうでしょ?」

「…………」

苛々とたっぷり歯嚙みしてから。

ザップは、またばったりと倒れ込んだ。

「まあ、そうだよな」

レオもそのまま寝室に引き上げた。

ベッドに入る前に、着信に気づいた。明日二十時に、ふたりともバレリーを連れてライブラ本部に来るように、というメールだった。

(多分、親子鑑定の結果が出たんだろうな……)

了解しました、とだけ返信をした。

朝起きると、ザップとバレリーの姿がなかった。

とはいえ、焦《あせ》る必要もない。レオは簡単に朝食を済ませて、シャワーを浴びてからK・Kにメールした。

「ふたり、どこですか?」

返事を待つ間に食器を片づけた。タイミングぴったりに短い返信があったので、もしかしてK・Kはこの部屋も同時に監視しているんだろうかと不思議になったが。

「二ブロック先の公園。邪魔《じゃま》しちゃいけないって雰囲気でもないかな」

それもまあ、そうだろうなとは思っていたが。

やや間をあけてから追加でメールが来た。

「ちょっとオモロだから、見に行くといいよ」

「……部屋を片づけておこうかと思ってたんだけどなあ」

ひとり、レオはぼやいた。ゴミだらけのリビング。キッチン。

今日の夜以降、ここはもう引き払う可能性が高いと予想していた。数日の共同生活ではバレリーの記憶封鎖について特に成果がなかった。となればこの警備体制も長くは続けられない。鑑定の結果とともに、今後の方針も変わっていく。

マンションから出て、K・Kに聞いた公園へ向かった。まだ昼前で、ジョギングする人たちやホットドッグ片手に散歩する人たちもいる。もちろん、人かなんだかよくわからない形状の者たちも、各々《おのおの》の超次元的な目的だか特に意味はない散策だかをしている。

公園と一口に言ってもジョギングコースがあるほど広く、人出もそこそこあるのでザップらを見つけるのは手間がかかるかと思っていた。ザップもバレリーと一緒であればそう目立つことは避《さ》けるはずだ。

混沌《こんとん》の街にも落ち着く場所は必要だ。修羅場《しゅらば》と騒動が日常でも、存外に人は逞《たくま》しい。犬を連れて走るジョガーがにこやかに、頭が駝鳥《だちょう》で下半身がキャタピラ（あと大砲）のハイブリッドげな知人に声をかけて追い抜いていく。

彼の異形を見ても誰も振り向かない。犬も吠えない。

大崩落が起こって、世界の終末を唱《とな》えた者は大勢いた。今でも外界にはまあいるだろう。ヘルサレムズ・ロットを地殻《ちかく》ごと剝ぎ取って地球から振り落とせないかと、国連に真面目《まじめ》な提議が出されたこともあるそうだ。

こんな状況を相容《あいい》れて生きるのは無理だと。

だが人は信じがたいような状況にも適応する。利用すらしていく。この街を見てレオが思うのは。人類が終末を迎えることは、誰もが想像するよりもほんのわずかに難しいのかもしれないということだった。

だからライブラのような組織も生まれる。のだろう。

いつの間にか自分もここに馴染《なじ》みつつある。怪異への理解と対処を学び、超人たちの振る舞いにも動じなくなった。

ふらふらと歩きながら人々を見やる。

同じように人々が、自分を見てもいる。

恋人や家族も多様だ。ヒューマー同士とも限らない。

もちろん、普通の人間もいる。親子で二人乗り自転車に乗って、さわやかに笑いながら。

ザップさんにやや似てるな……

ザップだった。

「…………!?」

声なき声をあげて二度見する。

間違いない。バレリーが前、ザップが後ろに乗って。アハハハハハハフフフフフフ
と笑い声をあげて走っていった。

大口を開けたままその場で待つ。五分ほど経ってコースを一週したザップたちがまた現
れた。同じように笑っている。

ずっと笑い続けていたようで、若干顔色が紫がかっていたが。

確かに面白そうだったのでもう一周待った。

次に会った時にはザップもバレリーも、ほぼかすれ声で涙とよだれの跡を引きながらの
走行だった。

まさかとは思うがもう一周。

この周回ではついに息が切れたふたりが、へろへろになってペダルをこぎ続け……レオ
の前で、ばったりと倒れた。

「くっそおおおおおお……」

唾を吐いて、ザップが起き上がる。

バレリーは歓喜に腕を突き上げていた。

「勝ったー！」

「なにやってんすか？」

レオが訊くと、ザップは面白《おもしろ》くもなさそうに吐き捨てた。

「勝負してたんだよ。ゲームだ」

「ゲーム……？」

「しかめっ面《つら》やめていろんなことしながら、先に音《ね》をあげたほうが負け」

言いながらバレリーが、げしげしとザップの足を踏みつける。

苦虫《にがむし》を噛みつぶした顔で我慢するザップを見ながら、レオはまた訊いた。

「なんで蹴ってるの？」

「勝ったほうが踏むの」

「も一度訊くけど、なんで？」

「なんにもなしじゃ勝負にならないじゃない。パパからお金もらってもしょうがないし」

「………」

しばらく考えてから。

レオは質問を繰り返した。

「も一度。なんでそんなことやってるんですか？」

「謝ったんだよ」

鼻の穴を膨《ふく》らませ、歯を剝《む》き出《だ》して。

それこそ罰ゲーム以上に嫌そうに白状した。

「八つ当たりしてすまんってな。そしたらよ。口先で言われても、だとよ。遊びにつきあえって。こんショーワルのチビギャングがよ」

「パパに似たのね」

「パパじゃねえよ。そこはまだ譲ってねえからな」

「譲るとか認めるとかじゃないのよ。パパなんだから」

まだ足を蹴っているバレリーの襟首《えりくび》を摑んで、ザップはひょいと持ち上げた。

「よし次だ。なにがいい」

「負けたほうが選ぶんでしょ」

「そうだったか……めんどくせえな」

気乗りせずにあさってのほうを向いて。

バレリーを下ろして即座に言い切った。

「じゃあ煙草早吸い勝負！　はじめ！」

「あ、ずるい！」

「よーし。勝ーちー」

ふんぞり返って少女の足を踏みまくるザップに、レオは一応言っておいた。

「まあ色々《いろいろ》あるんですけど、子供の前で条例破るのやめてくださいよ」

「うっせーなー。崩落以前の話だろ。今この街でマナーもクソもあっか」

「そうですけど……」

ジョギングコースを走っていく、身体の全穴から自前で煙を噴いているビジネスマンの集団を見送る。

「マナーは大事よ。品性だもの」

踏まれた靴から埃《ほこり》を払って、バレリー。

「じゃあ次、わたし。そうね……ホットポテトゲーム！」

「ふたりでやんのかよ」

「あれ、大人数でやるのはいじめでしょ。でも、タイマンでやれば立派な競技」

「タイマンとか言うな」

「パパに合わせたの」

「音はどうすんだよ」

「それは」

と、足下《あしもと》の折れた枝を拾ってレオに渡す。

「これをレオが手の上に立てて、倒れるまで」

本来なら歌の間にボールを渡して、歌が終わった時にボールを持っていたら負けというゲームだ。普通は何人かでやる遊びだが、確かにふたりでやれば駆け引きがシビアになる。歌でやらないのも、終わり時を難しくするためだ。

戦士としてのザップの勘は一流も一流だ。死線をくぐり、命を掴んできた。羽根のように軽く、髪のように強い。

そして——

「わーい。勝ちー！」

「くっそー……」

くずおれたところを踏まれまくり、涙を流すザップに。

レオは告げた。

「なんでか弱いですよね、ザップさん。こんな時は」

「っせえな！　オラ次だ！」

ザップが挙《あ》げたのは垂直跳《と》び高さ勝負。

次にバレリーが言ったのは隠れ鬼。

負けたザップが腕相撲を宣言して。

バレリーがジャンケン。

「そこの橋までダッシュ！」

「ジャパニーズ五目並べ！」

「ザ・レスリング！」

「そこのおじさんがくれたパズル早解《と》き！」

「レオの個人情報クイズ！」

「スペルコンテスト最初の出題はシャーデンフロイデ！」

交互にぶつけ合う勝負は両者譲ることなくタイのまま続き……

「あのー。ザップさん」

「あんだよ！」

名前にZが入ってるかどうか勝負を吹っかけ、圧倒的勝利を誇るザップに、レオは冷淡な突っ込みを入れた。

「ザップさんプロデュースの勝負が全般ダーティなんじゃないかと、ギャラリーから抗議がひっきりなしなんですが」

「なんで客が集まってんだよ！」

周りで足を止めている通行人たちを、拳《こぶし》を振り上げて追い払う。

レオは腕組みしてつぶやいた。

「もう二時間くらいやってますからねー」

持っていたノートを広げてザップ糾弾の横断幕を作っている野次馬までいる。

昼休みも終わったので、そろそろ人出も減ってきているが。

一息ついて、ザップはつぶやいた。

「一進一退だな」

「臆面《おくめん》もなく」

というレオの声は無視してさらに続ける。

「そろそろ決着つくことやっか。ラストはポイント八万倍。そしてたまたまだが、出題は俺だな」

「汚い。もうなんか毛穴から出るくらいどす黒い」

またもやレオは無視されたが。

バレリーは受けて立った。

「いいわよ。でもその代わり、最終スペシャル罰ゲームはわたしに考えさせて」

「おーう。知恵絞って、無駄《むだ》な抵抗やってみろ。ちっせえなあ頭。ちっせえー」

囃《はや》し立《た》てるザップにまったく動じず、バレリーは告げる。

「顔面全力パンチ」

「……あ？」

「早く勝負決めて」

「…………」

すっかり出鼻をくじかれたザップは、助けを求めて周りを見回す。が、もちろん誰もが冷ややかに見返すだけだ。

「あー……」

世間体《せけんてい》よりも、バレリーの目に臆したか。

震える小声でザップは言った。

「あ、足のサイズの……小さいほうが勝ち……」

「やーりぃ」

バレリーは跳びはねて、ザップに顔を下げるよう手招きした。

「いっくよー。あ、石持ってもいい？」

「駄目だろ。法廷で殺意否定できねえぞ」

「ちぇー」

拳を固めてさすり、助走距離を取る。

ザップは腰をかがめた体勢で、怖々《こわごわ》と目を閉じた。

バレリーは駆け出して。ザップの手前で軽くジャンプすると、彼の首に手を回して抱きついた。

そのまま頬《ほお》にキスされて、慌《あわ》ててザップは身を起こした。しがみついたままのバレリーを持ち上げる格好になったが。

「な、なにすんだよ！」

「パンチより強いでしょ」

澄まして言うバレリーに、なんとなく聴衆から拍手が起こる。

「この……」

「なによー。イカサマにはイカサマでしょ。殴《なぐ》られるより嫌なの？」

「いや、まあ、そういうわけじゃ……ねえけどよ」

ひと盛り上がりして、あと茶番《ちゃばん》に呆《あき》れた野次馬が去り、公園はまた平常にもどっていった。

三人で連れ立って、レンタルの自転車を返す流れで公園から出る。遅めの昼食にレストランに入って、レオはほとんど喋《しゃべ》りっぱなしのふたりを眺め続けた。

「だからさ、ショーは別にわたしのこと好きなわけじゃないのよ。わたしが相手しないからつきまとってるだけ」

「そうかぁー？　つきまとってるもんは好きだってことにしとけよ。それ以上どうすりゃいいんだ。背景にキラキラ星でも飛ばさにゃ駄目か？」

「星はいいけど、こっちこそどうすればいいの。はい、当方条件によっては彼氏的なオトモダチならいらなくもありません。手続きは所定の用紙に必要事項を書いた上、応募券を貼って投函《とうかん》してくださいって掲示しとくの？」

「おー、その通りにアピっとけ。モテっぞー」

「アホしか投函しないでしょ確実に」

「お前モテるかどうかって話をしてる時に、選《よ》り好《ごの》んでどうするよ。数だろ数」

「有象無象《うぞうむぞう》はいらないの。チーズマカロニじゃあるまいし」

「あーもう駄目だー、このガキは駄目青春コースだぁー。高望み続けて、四十過ぎてようやく悩み始める奴だー」

「それでもいいわよー。ショーなんてシャツ噛んで味がするって言って笑ってんのよ。おっそろしいのは、朝それ言ってから、放課後にもまた言うのよ。日に二度言うのもわかんないけど間が空くのも謎《なぞ》なのよ。そいつとどうエレガントに会話するの？」

「なんだお前、シャツの味わい侮《あなど》れねえんだからな」

「パパも!?」

「あと高級ティッシュな。昔、風邪《かぜ》ひいた時に気づいたんだけど、甘いんだよな。あれは鼻水しょっぱいから、それを中和して宇宙のバランスを保つっていうドルイドの教義なんだってよ」

「……それ誰から聞いたの？」

「同僚だよ」

「へえ」

もの言いたげな目つきで、バレリーがレオを見やる。

レオはとりあえず肩をすくめておいた。誰が言ったんだろうか、なんとなくわからないでもない気はした。

部屋にもどらずそこで時間を潰して。

安いコーヒーのおかわりに胃と膀胱《ぼうこう》が何度も伸び縮みした頃。

手洗いから帰ってきたザップが、席につかずに言い出した。

「行くか。そろそろ」

「……そうですね」

ザップが忘れかけているのではないかと、レオは思い始めていたのだが。

そうではなかった。ライブラ本部に出向く頃合いだった。


バレリーへの名目は、彼女の検診ということになっている。

検診が不必要というわけではないので、まったくの嘘《うそ》でもないが。

鑑定したことを知らされていない彼女を除いて、ザップとレオだけがミーティングに出るための方便だった。

いつものミーティングルームに向かう廊下で。レオはなんとはなしに、声を出せない空気を感じた。数日ぶりだったせいか。いつになくザップが急ぎ足だったからか。

だが途中で一度だけ、囁《ささや》くようにザップが言った。

「お前、なに考えてる？」

どちらだと思う、という質問ではなかった。

考えてみれば、そんなことを訊くわけがない。すぐに結果がわかるのだから。

だからレオは素直にそのままを答えた。

「部屋散らかしたままだったな、っていうのと……」

「いうのと？」

「ザップさん、わりと笑ってますね」

「そうか？」

「ええ」

それ以上、不必要な話は続かずに。

部屋に着いた。扉を開けたザップに続いて入室する。

そこにいたメンバーは、クラウス、スティーブン、そしてK・Kの三人だった。

K・Kは恐らく、来たばかりだろう。到着自体はレオたちと同時のはずだ。空気が枯れたオフィスの中で、脱いでいない彼女のコートから微《かす》かに排ガスと混じった外気の匂いがした。

クラウスは黙《もく》して席に座り、スティーブンは立っている。スティーブンは角封筒《かくぶうとう》を手にしていた。封は開いている。鑑定結果がとどいたのはきっと、今日の早い時刻だろう。ふたりはその結果を受けて検討をしていたに違いない。

前置きはない。このところどうだった？　という世間話もない。バレリーとの生活はほぼすべて把握《はあくず》済みなのだから。

スティーブンはそれでも、話を切り出すのにしばらく時間をかけた。迷いだ。どう話すべきか。劇的な効果を狙ったのでもあるまいが。

彼が差し出した封筒を、ザップが受け取る。

中身を見る前にスティーブンが言った。

「多分《たぶん》、読むと時間がかかる。だから要約して言う。バレリー・バーマだが——」

また迷い。だが、ここを抜けるとあとは一息に言い切った。

「バレリーはアシュリー・バーマの娘だ。ただ、彼とお前の娘という可能性はほとんどない。と思う。恐らく。多分」

「……彼？」

K・Kが小さくトーンを上げる。

クラウスはまったく答えない。スティーブンが続けた。

「彼の墓まで掘って確定した。いや本当に掘り起こしたわけではないが」

静けさの中、彼は咳払《せきばら》いを挟んだ。

「彼の調査については空振《からぶ》りだ。君たちも出くわした情報のブロックだろう。推測するに、彼は一年ほど前にこの街に来て、どこかの女性と交渉を持った。そののち……まあ、なんらかあってから、ザップと出会った。バレリーの言う彼の日記には恋人としてザップの名前が書いてあったので、バレリーは誤解した。彼はバレリーが生まれたことも知らなかったのではないか。バレリーの話からすると、日記には娘への言葉が一度も出てこないようだった。同様に彼女の母親の話題も出てこなかった。以上だ」

長い話が済む頃には。

ザップは床に倒れ、頭を抱えてのたうち回っていた。

自ら顔を掻きむしり血を流している。

「……さすがにかける言葉がないっすね」

「彼って言うたびに身体が跳ねて面白いわね、これ」

上から見下ろして、K・K。

K・Kはちらりとスティーブンに視線をもどして念を押した。

「一応訊くけど、つまりアシュリー・バーマは……」

「うん」

「オネエだったってこと?」

「そうだ」

短く答えて。

ひと仕事終えたように、スティーブンは改めてレオに言った。

「ああ、あとレオ。君に頼みたい別の仕事があるんだ。通気口に逃げ込んだらしい謎のアオダイショウ風生物だかなんだかを捕獲しないと、空調が酢の臭いで――」

「ごあああああああっ！　ぶんだらああああああ！」

ようやく叫ぶ力を練ったのか、ザップが立ち上がる。同時に封筒を細切《こまぎ》れにして燃やし尽くした。

その灰が風に舞う。

というのも、窓が開いたからだ。テラスから飛び込んできたのはチェインだった。真剣な面持《おもも》ちで真《ま》っ直《す》ぐにザップのところに向かい……

耳元でなにかを囁いた。

ザップが壊れた微笑みを浮かべて復唱する。

「え。なになーに？　内緒話？　え、うん。ナルホドー。来週、ライブラ社内報のお前担当ページに、今回の件の詳細を載せたい？　へー。やったー」

ガッツポーズしてから豹変《ひょうへん》し、チェインを追い払う。

「ないだろ社内報なんて！　嫌がらせでなに創刊しようとしてやがんだ雌犬！」

ひょほほほほほほほほほ、とチェインは、チェシャ猫よろしく嘲笑《ちょうしょう》だけ残して空間に溶《と》けていった。そのまま退出したようだ。

「あっのクソ犬、このタイミングで笑うためだけに待機してやがったな」

「裏取りは人狼局《じんろうきょく》に頼ったからね」

と、スティーブンは話をもどした。

「オチがついたように勘違いしてもらっては困るんだが、なにも解決していない。余計《よけい》に話がおかしくなっただけだ」

「鑑定結果が、なんで出るんですか」

ザップが疑問を投げた。

「俺はアシュリーのことを調べようとして、仕事仲間にも会えなかったんすよ。なのに鑑定結果は無事に聞けるんですか？」

ふむ、とスティーブンがうめく。その通りだと思ったのだろう。

「もしかしたら、この結果は情報封鎖の想定外だったのかもしれないな」

「誰の想定です？」

「これを仕組んだ者、だろう。そいつはザップとあの少女が本当に親子だと思ってこれを実行した。それを否定する結果が出るとは思ってもいなかった」

仮説を述べてから吟味《ぎんみ》する。首を手でさすって、スティーブンはさらに続けた。

「この間抜《まぬ》けさは重大だな。人並みのミスだ。いわゆるオーバーロード存在の仕業《しわざ》ってことはない。そうした者の力を借りてはいるのだろうが、それよりは下位の者の計画だろう。つまり、魔術だな」

「下位っていっても、堕落王《だらくおう》とかそういう領域の人でしょう?」

レオの声に、スティーブンはやや呆れ顔を見せた。

「そりゃあそうだよ。手品師にできることじゃない」

「だが人であるなら、我々にも理解できる意図があるはずだ」

ずっと黙していたクラウスがつぶやく。

硬く巨大な拳を固めて。この男が重い声を発すると、その拳も余計に大きさを増して感じられる。

「理解できるならば阻止できる」

「……でも、善意ってことも」

「ない。スポイラーだ」

「え?」

「スポイラーだ。意識せずにつけたのかもしれないが、悪意がなければこんな命名にはならない」

「まだ、十年後の俺がやったって線も消えてはいないですしね」

同じように重々しく、ザップ。

その重さを紛《まぎ》らわせる数秒後に、彼の電話が着信した。

通話のようだった。ザップは画面を見て困惑している。

「……ライブラ社内から？」

この建物の固定電話のようだ。通常かかってくることはない——不明瞭な領収書を出して経理から叱られるという組織でもなかった。そもそも構成員へのアクセスを誰もが知っているわけでもない。

もちろんクラウスやスティーブンは別だが。デスクの電話には触れてもいなかった。察するものがあったのか、ザップはスピーカー通話に切り替えた。スピーカーから聞こえてきたのは少女の声だった。

「スポイラータイム」

機械越しのバレリーの声音《こわね》は、割れて不吉に響いた。

「本日二十四時、バレリーは家に帰る。そのパワーによって、半マイル内にいる者は全員、逃《のが》れられぬ死を享受する」

4—Barnum and Bailey world,

バレリーは問診中に突然意識を失い、臨時医務室のデスクにあった電話からザップの番号に発信したそうだ。

「まあねえー……うちのカミさんもおんなじなんだよねえー……わたしが話しかけるとそっぽ向いてねえー……そっちは壁だろ、見るもんないだろっつってるのにねえー……まあそんなことよりカミさんは二十年くらい前に出てっちゃっていないはずなんだから、見えてるのって結構《けっこう》こわい話だよねえー……」

医師の話はそんなものだった。

ひとまず彼女をミーティングルームに上げる。バレリーはライブラのメンバーひとりひとりに丁寧《ていねい》にお辞儀《じぎ》して挨拶《あいさつ》した。

今回もバレリーは発言内容をよくわかっていなかった。ただ、ザップの顔色を見てこれまでと違う深刻さは嗅《か》ぎ取《と》ったようだ。

「わたし、なに言ったの？　パパ」

二十時三十八分。

レオのみならず、誰もが時計を意識していた。

(もう残り、三時間半を切った……)

バレリーになにを話すのか、ライブラは目的をどこに設定してどう動くのか。そのコンセンサスも取れていない。あまりにも時間がなかった。クラウスとスティーブンは既《すで》にそれぞれのコネクションに連絡を回し、手筈《てはず》を整えている。スティーブンなどは四台の携帯電話と同時に話をしていた。

彼女にどう話すか。それを任《まか》されたのはザップとレオ、あとついでにK・Kもだが。とりあえずはバレリーをソファーに座らせ、その正面にザップがかがみ込んだ。じっと目を合わせている。

「お前は、真夜中に家に帰ると言った」

「いきなり?」

「ああ、そうだ。で、そのパワーだかなんだかで、近くにいるとみんな死ぬと。だからあの厳《いか》ついオッサンたちが広い場所を確保しようとしてる。お前好みのイケメンじゃねえかもしれねえが腕は確かだ」

「…………」

気丈に平静を保って見えたバレリーだが、ぎゅっと自分の腕を抱いている。

ザップもそれに気づいたのだろう。

即座に弱みにつけこみ、挑発した。

「アアン？　ブルってんのかクソガキ」

「そ、そんなこと」

「だよなァ？　だいたい、来る時ゃ無事だったんだからよ、帰りだけ難しいってこたねえだろ。なのに怖《こえ》えってんなら、そりゃ臆病風《おくびょうかぜ》ってやつだなあ」

「でも、みんな死ぬって」

「そいつはこっちでどうにかするっつったろ。それともてめえがどうにかできんのか。なんもねえなら自分の身支度《みじたく》しっかりしてろ。チビったならパンツ替えとけ」

「パパ、わたし……」

バレリーは涙をこぼしてザップの腕をつかまえた。ザップはそれを振《ふ》り解《ほど》かず、ゆっくり膝《ひざ》をついた。

「大丈夫だ。お前がつかんでるのはなんだ？」

「パパの手……」

「なら、なんで泣いてんだ。お前はアホなのか？」

「ううん」

「口先だけだろ？」

「違う」

「なら、行動で示せ。俺ァ今日さんざんやったぞ」

「うん……本物の卑怯《ひきょう》モンだったね」

少し笑顔のもどったバレリーに、ザップは軽く頭突《ずつ》きした。

「ガキはガキの分際《ぶんざい》の悩みごとをしっかりやっとけ。ショーって奴な、多分《たぶん》そんなに悪い奴じゃねえよ。んだが、まあ、つきあうのはやめとけ。いいな」

「うん」

そんなふたりをやや離れて眺《なが》めて。

K・Kが険《けわ》しい顔をしているのにレオは気づいた。

ザップでなくとも機嫌《きげん》の悪いK・Kに話しかけるのはやはり怖《こわ》いのだが、一度彼女を見てしまうと彼女のほうが必ず気づく。なので無視も難しい。厄介《やっかい》な人ではある。

ともあれK・Kはかぶりを振った。

「力《りき》んじゃってたわね」

振ってみても眉間《みけん》の皺《しわ》は取れなかったが。忌々《いまいま》しげにつぶやく。

「死を享受《きょうじゅ》する、とはね。確かに見下した言い回し」

「でも、バレリーは……」

「なにも知らない子供を利用するって輩《やから》なら、漏れなくクズよ。考えるまでもなかった。そういう覚悟をしてなかった自分がムカつくの。暴れたいね」

敵が誰であろうと殺す、という顔だ。

仮にそれが未来のザップであったとしても。

唾を呑《の》み込《こ》んでレオは考えを改めた。組織の合意ならとっくに取れている。やるべきことが決まっている時には、ライブラは迷わない。悪意と対決するという、その一点で。

そんな時。

「フェイクハッタンだ。どうにか二時間後に道路封鎖できる。広さもカバーできないことはない」

複数の電話を同時に切って、スティーブンが声をあげる。

K・Kが訊ねた。

「封鎖しても、既にいる人の避難は?」

「先日ちょうど、警察が地域のホームレスを一斉退去させた後でな。気持ちのいい話じゃなかったが、なにが幸いするかわからないものだ」

「狙撃できる寝床《ねどこ》を探しに先行するよ。予定変更あったら連絡して」

言うが早いかK・Kは出ていく。

フェイクハッタン——フェイク・マンハッタンというのは帳尻《ちょうじり》の合わない、大崩落《ほうらく》の不《ふ》思議《しぎ》のひとつだ。異界《ビヨンド》とつながる崩落によってニューヨークは再構築されたが、セントラルパークも位置を変えて出現した。のみならず、複数に分裂して各所にばらまかれたのだ。今日レオたちが行っていたのも、そのひとつだ。

そしてついでに、セントラルパークにそっくりなもうひとつのセントラルパークも出現した。こちらは分割されていなかったが、すべてのものが石で出来ていた。池も、草木も、そこにいた人間も石像となって。その像の精巧さから、実はこちらが本当のセントラルパークだったのではないかとも噂された。

では、バラバラのセントラルパークとともに帰還した、生きている人々の正体とは？という怪談につながる。実際には、石像と同じ顔の生きた人間も帰還していたという話はない。らしい。石像を傷つけると血を流すというのも嘘《うそ》だった。夜に歩いていると悲嘆に満ちた声が頭に響いてくる……という証言は引きも切らないが。それはそもそも、ここだけでの話でもない。

そういった怪談のせいもあり、それでなくとも気味《きみ》の悪い光景であるフェイク・マンハッタンにはあまり近づこうとする者もいない。結果、住所不定者が集まったが人気のある場所ではなかった。店も、使える資材もない、草一本生えない石だけの広場では生活できないからだ。それでもそこにいるしかない最下層の住人を警察がわざわざ追い払ったのは、フェイク・マンハッタンがたびたび犯罪取引や抗争場所（あと無断の映画撮影なども）に使われる危険地域であるからで、大義名分がなかったわけでもない。

「半径半マイルをカバーするには、公園の中央だな」

「そんなとこにガキをひとりで置くんすか？」

反対したのはザップだ。

スティーブンは静かに応じる。

「当然監視するし、Ｋ・Ｋが守る」

「最低限でも近場にもうひとりは必要でしょう」

「しかし――」

「俺はそばにいさせてもらいますよ。ケジメがいるんで」

バレリーの手を取って、ザップが断言する。先ほどのＫ・Ｋと同じ目だ。殺すつもりでいる。敵が自分でも。

「わたしも行こう」

クラウスが口を開いた。

そして残りのスティーブンとレオを見据えて、すぐに続けた。

「これ以上はなしだ。君たちは十分に距離を取って待機」

有無《うむ》は言わせない。

ライブラのリーダーは席を立った。席に座っている時には背中を丸めているだけに、いざ立つとなおさらに大きさを感じる。

「指揮は君が取ってくれ、スティーブン」

「了解した」

「では、行こう」

号令というには抑えた声だったが。

ライブラはその一言で一丸《いちがん》となる。


フェイク・マンハッタンに到着したのは二十一時三十五分。

途中に検問があり、道路封鎖が始まっていた。

おかげで道が混んでいたのは誤算ではあったが、まだ時間には余裕があった。

公園内をレオが遠視して回り、人がいれば追い払う。時間内にぎりぎり、できることはした。二十三時二十分。問題の真夜中まで目を休める時間を残してどうにかやり切った。

その間に配置も決まる。敷地の中央にバレリー、ザップ、そしてクラウスが。そこからきっかり半マイルの距離でスティーブンとレオが、物陰に隠れて監視する。K・Kの居場所は誰にもわからないが、場所を構えたことだけは連絡を受けた。

「彼女、緊張しているな。ザップもだけど」

スティーブンの囁《ささや》き声《ごえ》を聞いて、レオは不安を口にした。

「なにが起こるんだと思います?」

「わかりようがないよ、もちろん。なにも起こらないかもしれない」

彼の言《い》い様《よう》は平常通り、落ち着いていた。

「こんな時は、あれだね。祈るしかない」

「……なにに祈ればいいんでしょうね」

「うん?」

「この街《まち》にいると、わりと平気で、やたらものすごいモノだとか神格《しんかく》だとか出くわすことになるでしょう?」

「まあ、そうだね。奇跡もそれほど……昔ほどの意味では珍しくもなくなった。祈るっていうのは、目に見えないものにするものなんだろうし。そう思うとここは残酷なところだね。そういえばこの前、どこからも天使にしか見えない生物が鳩を獲《と》って食ってるのを見たよ」

「じゃあ？」

「いや、祈るよ。それでも僕ら、奇跡を祈るんだ」

時間が迫ってきた。

石だけの庭に吹く風は冷たい。上空の霧に遮《さえぎ》られた星明かりは柔らかいが弱々しく、レオは三人の様子《ようす》を見ることはできたが、スティーブンにはどうなのだろうかと思った。

K・Kも。

異変の兆《きざ》しを見逃すまいと目を凝《こ》らす。スティーブンの言う通り、こんな時には先回りした都合のいい情報などない。いや、スポイラーなら既にあったか……

気がついて、レオは言った。

「考えてみると、今度のだけ、今までのスポイラーと違いますね」

「違う？」

「今までは過去に起こったことを告げ口してきました。でもこれは完全に、向こう側の都合の話です」

「そうだね」

スティーブンは顎《あご》に手を当て、つぶやいた。

「つまり……馬脚《ばきやく》を現しそうだな」

「あっ」

変化があった。

レオならずともわかるが。スポットライトのようにバレリーたちの上から強い光が差した。空から、というほどには高くはない。ほんの十メートルほどの高さからで、遠方からはそこまで目立たなかった。

同時に、バレリーの身体《からだ》が浮かび上がった。まだザップと手をつないでいたが、だんだんと上昇していき、手が指に、指が指先にほどけていって、ついに離れた。

どうなるのか。大爆発でも起こるのか、それとも死病のようにたちまちにザップらが朽《く》ち果《は》てるのか。

バレリーは光の元に近づいていく。まだ消えてはいなかったが、そこに空間の穴があるのをレオはようやく目視《もくし》した。通常の視力では見えない、というより見ようがないだろう。

そしてその穴から、姿を現したものがある。

人間だった。全身ボロ雑巾《ぞうきん》のようだが、顔には邪《よこしま》な笑《え》みを浮かべた壮年の男。片腕、片足、そして顔の半分も破れてこぼれ落ちているという凄《すご》みのある険相《けんそう》だ。瞳の色も黒く濁《にご》り、空虚な穴のようでもある。

銃声。

と同時か、それより先か。

電光をまとったK・Kの銃弾が二発、男の頭部に命中する——はずだった。その手前で弾《はじ》ける。閃いた電撃が打ちのめしたのは標的ではなく、せいぜいが、上空の光に集まってきていた蛾の群れだった。闇と光が混ざって爆《は》ぜる中、羽虫たちが雪のように地面に落ちていく。

ザップも動く。血刃を翻《ひるがえ》して斬《き》りつけるが、結果は同じだ。クラウスも逆側から打ちかかった。待機位置まで震動が伝わってくるような衝撃で、石だらけのパークが揺れ、鈴に似た乾いた音を響かせる。

それでもまったく通じない。

「様子がおかしいな」

スティーブンは時計を見やった。

レオも確認する。時刻は零時一分。

「僕らも行こう」

と、スティーブンは飛び出すと現場に向かう。

彼の速度には追いつけないがレオも走った。

距離がある。足場も悪いので、辿《たど》り着《つ》くには五分ほどかかるだろう。その間ずっと叩《たた》かれ続けて男のほうが無傷とも、そうであれば逆に反撃がないというのも考えづらかったが。

到着した時、まさにそうだった。スティーブンも参加して四人分の血法《けつぽう》が殺到しても、現れた男は毛一筋《ひとすじ》動かさない。すべてその手前で止まってしまう。

男が防いでいるのではない。それがわかって全員が手を休めた。

「俺の殺害は許されていない。スポイラーのリストにない……まあ、普通に相手してやってもいいんだが。四対一なら少しは楽しめたろうに。殺《や》っちゃならねえんじゃクソの寸止めだ」

白髪《しらが》をかき上げて男が語り始める。もっとも、髪はほとんど残っていなかった。というより頭《ず》蓋《がい》が半分ほど表に出ている。風貌《ふうぼう》だけなら生ける骸骨《がいこつ》というところだ。

「ということは、あの警告は……」

「嘘に決まってんだろ。人払いをしてもらうためだ。この時代の誰ひとり、虫一匹でも殺すわけにいかないんでね。俺の手では」

言いながらその手を握り込む。

凄惨《せいさん》な姿ではあるが、男の身体に新しい傷はない。すべて古くからのものだろう。辛苦《しんく》に堪《た》え、その痛苦も忘れるほどの無差別な嫌厭《けんえん》が、歪《ゆが》んだ笑みに見て取れる。

嫌《いや》な予感が募《つの》る。認めたくはなかったが。見た目、口調、そして所作《しょさ》に至るまで。現れたその男が何者か、残酷な結論の逃げ道を奪っていく。

(まさか……そんな……本当に……?)

それこそ、祈るように噛《か》み締《し》めて。

レオは男とザップとを見比べた。

天の穴より降り立つ男と、それを見上げるザップとを。

攻撃の手は止まったが、その余波はまだ空気の乱れに残っている。ザップは構えを解いていなかった。いつも戦いの場ではそうであるように、なにも語らぬ険しい目でただ敵を睨《にら》む。

対する男はただ酷薄《こくはく》に彼を見下《みお》ろす。両者の視線はひとつのところで交《まじ》わっていた。男が突き出して握《にぎ》り込《こ》んだ、右拳《こぶし》だ。その手には武器が収《おさ》められている。一片《いっぺん》の金属塊《かい》。一度なにかで破壊されたかのように歪んでいたが、それは紛《まぎ》れもなくザップのライターだった。

壊れているだけではない。どれほど使い込めばそうなるものなのか、手のひらの形に摩《ま》耗《もう》しているのも見て取れる。使うつもりで手にしていたわけではないのだろう。ただ見せつけて、そして懐《ふところ》にもどした。

「フーッ――フーッ――」

激しい呼吸音を立てたのは、ザップだ。鉄兜《てつかぶと》のように堅《かた》く守っていた無心の顔が、ぎりぎりと歪んでいく。怒りと、そして……無念か。

相反《あいはん》するように、それを見下ろす男の顔には余裕が広がった。もはや興味はないとばかりにザップを無視して、男はクラウスに視線を移した。

「懐《なつ》かしいなあ、クラウスの旦那《だんな》、か。他の連中は……悪いが覚えてない。十年か。そちらも、俺をすぐにはわからんかね」

「君が誰だかはわからない」

敵に触れられなかった己《おのれ》の拳を確かめながら、クラウスは素《そ》っ気《け》なく告げる。

わからないわけがない……と思ったのはレオだけではなかっただろう。スティーブンも口にこそ出さなかったが、眉《まゆ》をひそめている。ザップもだ。

そして男も。

額を叩《たた》いて笑い出した。

「本当にか？　意外とニブいな旦那」

話しながら男は地面に降り立つ。

身体中、無傷な箇所はないという有様《ありさま》なのだが動きは軽い。声も。

「ザップ・レンフロだよ。俺にとってはお久しぶりの顔ぶれだ」

「ということは……」

「ああ。この通りの状態だが。どうしてそうなったかは、お前らには最近の出来事だろ？見たところ、目論見《もくろみ》はうまくいったようだな」

彼が見やったのはザップだ。

「例の呪いだよ。あと一歩ってところであのつまらないギッドロごときを仕留《しと》められなかった、若き日の後悔。一日も忘れたことはなかった」

「それでバレリーをか」

浮かび上がっている彼女は、こちらの会話が聞こえているのか。震えて固まっている姿からはよくわからないが。

睨むザップを、ザップは嘲笑《あざわら》う。まさにその若い日の自分を、というように。

「あの娘の養父が俺のことを探《さぐ》り当《あ》てた。それでのこの会いに来たところを使わせてもらうことにした。いろいろと都合《つごう》があるんだ。まず、過去に送り込んだ奴が直接改編に手出しできない。だからこちらの時代の連中を誘導するしかない」

「うまくいったにしては、お前に影響が出ていないようだが？」

これはスティーブンの問いだ。

未来のザップは上を指《さ》した。

「あの娘が未来にもどって改編が確定する。そうでなけりゃ、わざわざ迎えに来る手間はかけない。まさか、あれを殺して邪魔《じゃま》はしないだろうな？」

話している間に、またバレリーが上昇していく。

泣いていた。叫んで、ザップに手を伸ばしていたがよく聞こえない。空間の穴に近づいた作用か。

彼女の泣き顔から、話が聞こえていたとはっきりわかった。あるいは帰還を間近にして記憶の封鎖が解けたのか。

それでもバレリーはザップを責《せ》めていなかった。声は聞き取れないが、口の動きがレオには見えた。「違う」「負けないで」「お願い」……

ザップは。彼女を見返して、叫んだ。

「泣くな！　心配するようなこたァ、なんもねえ！」

声は届いた。バレリーが、驚いたように口をつぐむ。

涙を引っ込めた彼女に、ザップの微笑みはまだ少しぎこちなかったが。少しだけだ。

そして告げた。

「……寄り道すんなよ」

バレリーの姿が穴に消えた。

すると。

宣言通りに未来のザップが変化する。傷がなくなると確かに、単に加齢したザップ・レンフロの姿になっていった。折れていた腰を伸ばし、再生した顔と髪を撫《な》でて。男は大いに哄笑《こうしょう》した。

石の公園に高笑いがこだまする中、研《と》ぎ澄《す》ました問いを突き返したのは――若いほうのザップだ。

「んなら……俺がここで死ねば、てめえは消えるのか」

未来のザップは、首を傾《かし》げて笑いかけた。

「やってみたらどうだ?」

即座に、躊躇《ためら》いもなく。

血刃を逆手《さかて》に。ザップが自分の胸に突き立てようと――

したところで。

それを止めたのはクラウスだった。ザップの腕を掴んではなさないまま。

男のほうに向き直る。

「意外とニブいようなので同じことを言い直そう。君が誰だかはわからないが、ザップではない」

「どうしてそう思う」

「ザップが君のように堕《だ》すというなら、わたしがその日に潰《つぶ》している」

はったりでも冗談でもなく。

まるで事実としてクラウスがそう語るのは。それが誓いだからだろう。

誓約すればもはや退《ひ》かないと決めている男の言葉だ。

「バレリーも言っていました」

レオもつぶやいた。

「そいつの話は『違う』と」

「参ったね」

未来から現れたザップの声が変わった。

興《きよう》を殺《そ》がれたという態度で腕を下ろす。

「……信じる気がないなら、続けても意味がないか……」

ずるりと皮の内側でなにかが蠢《うごめ》くように。

再び男は姿を変えた。

見たことのない男だが。

年齢の判別がつけづらい、のっぺりした顔つきで。二十から四十のどこかくらいだろうとしかいえない。だが恐らくそのどれでもない。もっと長い年月を生きた気配が感じ取れる。白い肌。それに対比するような、黒い瞳。スマートな物腰。平面に貼りつけられたみたいな笑み。

細い手首で茶化《ちゃか》すように、やれやれと振ってみせた。

「ダメ押しは蛇足《だそく》だった。つい欲張った。しかし、この程度の歴史改編でも、費《つい》やしたコストは尋常でなくてね。本当に、この場で全員殺してやれれば一番いいんだ。でも許可されない。時の超神《ちょうしん》、リカムパルュムリュゥエ——まあ名前を言うだけで四半時間かかる。やめとこう。とにかく、かの存在は気むずかしい」

上の穴を見上げて呆《あき》れ顔《がお》になる。

「既に成し遂げた分だけで満足するしかなさそうだ。まあ、目的は達している」

「悪趣味な悪戯《いたずら》だったとしか思えないが」

「それはね、君たちが、もはや起こることがなくなった未来を知らないからさ。いったいなにを葬《ほうむ》ってしまったか……」

すっと、ザップを指差す。

「彼の革新の芽を摘《つ》んだ」

「俺の……？」

「ザップ・レンフロが飛躍的に錬磨《れんま》されるきっかけとなった事件だよ。さっきの姿を見たろう」

「あのくたばりかけた俺か」

「くたばり……？　冗談じゃない。呪いで血法を封じられるどころか、その状態で業《わざ》を練《ね》り続けて牙狩《きばが》りの頂点に立った。他の一切《いっさい》に目もくれず、修羅《しゅら》のごとくに。この十年で奴が仕留めた魔術犯罪者の数たるや……」

忌々しげに身体を震わせる。

「本当に、おぞましい。記憶も及ばぬ古きから潜伏していた僕の計画を阻止したのも奴だ。僕は多くを失った。組織も、資産も、軍隊も。すべて、ザップ・レンフロひとりのおかげで！」

「お、俺が？　いやあ……」

「勝手に照れるな！　言っておくが、未来においてお前は僕に敗《やぶ》れた！　娘が現れたことでな！」

声を戦慄《わなな》かせて男が怒鳴《どな》ると、調子に乗りかけていたザップも顔色を変えた。

「それも僕が見つけたんだ。お前を嗅ぎ回っている探偵というのを見つけて、調査結果を知った。それをお前に臭わせたら……コロリだ。呆気《あつけ》なく！　スポイルした！」

腕を振り上げ、思うさま高らかに。

魔術師は声を張り上げた。

「そこで学んだんだ！　人の機微というものを！　あの恐ろしいお前が、娘ひとり出現しただけでああも脆《もろ》く思い通りに！　捕らえてさんざんに痛めつけたが、そんな奴のせいでこれまで被《こうむ》った損害を思うとやりきれなくてね……これを思いついた」

「スポイラー……」

聞かされてから口にすると、実に苦《にが》い言葉だ。

レオがその味を感じていると、魔術師はその表情に満足したようだった。

「その通り。情報はザップ・レンフロ当人から絞り取った。あとはまあ、さっき説明した通りさ。そしてこれから未来にもどって、かねての計画をやり直すだけだ。僕はすべてを手に入れるだろう」

と。

言葉の最後は衝撃音でかき消された。

レオも転倒しそうになったが、魔術師はまったくぴくりともしていない。だが再び彼を後ろから殴りつけたのはクラウスだ。

三度、四度と。爆弾のような一撃を叩き込む。結局、手前で止まってしまうが。

「無駄《むだ》なことを……おかしくなったか？」

魔術師が鼻で嗤《わら》う。

クラウスはそれこそ身じろぎもせずに攻撃を繰り返す。傍目《はため》にも無駄とわかる攻撃を。

「旦那ァ！」

わずかなインターバルに、ザップが叫んだ。

「そればっかりはホントに無駄だ！　そいつはたかが魔術師でも、守ってんのは時間を弄《いじ》るようなバケモンだぞ！」

それはその場にいた者全員の気持ちだったろう。

たかが、と言われて魔術師は頰《ほお》を引きつらせたが、いちいち反論もしなかった。それくらい、自分の立場は絶対だと確信があった。

だがもうひとり。クラウスもまた信念を折ることはない。

「ザップ」

「お、おう」

なんの感情もうかがわせない、不動の声だからこそザップは気圧《けお》されたのだろう。

クラウスは今の運動で乱れた襟元《えりもと》を正してから、また身構えた。

「話は理解していたのか。これは、君をスポイルするための策だった。たったそれだけのために、これほどのことをした」

「ああ……」

消え入りそうな返事を返すザップに。

唐突に、クラウスは大喝一声《だいかついっせい》した。

「腑抜《ふぬ》けるな！　ザップ・レンフロ！」

ぎょっと。これまでの打撃以上の威力に。

伸び上がったザップをクラウスは逃《のが》さず叱りつける。

「呪《くみ》いに冒《おか》されても挫《くじ》けず十年の研鑽《けんさん》を積んだ貴様《きさま》より、万全でも気の折れた貴様のほうが与しやすいと奴は判断したのだ。前者の君はもう失われた。後者の君がより強くなり、やり遂《と》げねばならない」

こんな風《ふう》に声を荒らげるクラウスは滅多《めった》に見ない。初めてかもしれないとレオは思った。

しかし、怒《いか》りではない。

もしかしたら……

（クラウスさん、喜んでる？）

ザップの伸びしろを聞かされて。そして、退《ひ》かない人間の強さを知らされて。たとえもうそれが失われたのだとしても。この底抜けの信条男には、それで十分なのか。

その気を乗せて。

拳が走る。その打撃の圧と発散する怒濤《どとう》の衝撃に、誰も加勢できそうになかった。余人が近づけばそれだけで液化しそうだ。

その上でやはり、魔術師にはとどかない。

「見苦しい……」

何発も。何十発も。

クラウスは止まらない。

通じるわけはないとわかっていても。

憤怒《ふんぬ》でも殺意でもなく、ただ純に烈《はげ》しく。

打撃音ばかりを轟《とどろ》かせる指揮者の背中で、ライブラの者たちは無言で位置取りをする。

作戦と言えるほどのものもない。スティーブンが背後に控えたのは、クラウスが限界を迎えたら速《すみ》やかに立ち替わるためだ。が。

その行く手にザップが割り込んだ。スティーブンは意外そうに目を開いて、クラウスのすぐ後ろに進むザップを見送った。

ザップは身構えるでもなくポケットに手を突っ込んで、取り出したのは……煙草《タバコ》だった。

眼前で吹き荒れる颶風《ぐふう》と、爆弾級の打撃をどれだけ喰《く》らってもびくともしない壁。人間の意地と、宇宙の根源にも近い強大なパワーとの譲ることない激突を眺めながら、紫煙《しえん》をくゆらす。

煙も衝撃波に震える中、ザップはもはや魔術師とクラウスの激突ではなく、上空の穴を見上げている。穴は肉眼では見えないので、彼はバレリーが消失した場所を漠然《ばくぜん》と見つめていたのだろう。

煙草を落として足で踏み消すのと、クラウスの手が止まったのはほぼ同時だった。

クラウスは煙草が落ちる音を聞いていたのではない、だろう。吸い終えたザップの眼差《まなざ》しを察した。

絶えることなく攻《せ》め続けたクラウスはさすがに息があがり、小岩のような体軀《たいく》が上下に揺れている。身体から立ち上る蒸気……というより、それは煙だろうか。摩擦と衝撃で服が焦《こ》げるほど熱くなっている。

弄《もてあそ》んでいたライターを手の中に収めて。ザップが口を開いた。

「ああまで言うなら、旦那……ケジメは俺に取らせてくんねえか」

「…………」

クラウスはなにも言わずに、くるりと身を翻《ひるがえ》した。

迷いなく歩を進めると、ザップの横を通り過ぎる。激励も、特段の指示もない。ただすべてを任せた。

（その……ノリはわかるけど）

レオもやはり言葉のないまま、みんなを見回した。スティーブンと目が合う。こんな時、異論を差《さ》し挟《はさ》む彼ではないが、それでもクラウスのように全面的に委《ゆだ》ねるとまではいかないようだった。

（そりゃそうだよ。クラウスさんがあれだけやっても通じなかったのに）

魔術師はすべてを、ただ腕組みしたまま睥睨《へいげい》している。

さきほどザップが言った通りだ。相手が——というより状況が悪い。敵を守っているのは個人の力や技で突き破れる断絶ではない。

ザップが進み出る。まだ戦闘態勢ではなく、気《け》だるげに上を指差して告げた。

「あの先が未来か」

「その通りだ」

面白《おもしろ》がる魔術師に、ザップはにこりともせず言い返す。

「案外、つまんねえとこにあるもんなんだな。未来ってのは」

「君などに改訂高次空間蛇面《だめん》理論などというものを解説する気は——」

長くなりそうだった相手の言葉を、ザップは嚙みつくように無視して言った。

「その未来で俺は敗《ま》けた、っつったな」

話を遮られ、不快にしかめられた魔術師の顔だったが。

思ったほど気分の悪い話題でもないと思い直して、笑みを浮かべ直した。胸を叩いて声をあげる。

「ああ。そうだ。最強の牙狩りであった貴様を、この僕がやったんだ」

そして、ザップはといえば。

鼻で嗤う。

「その未来の俺とやらは、クッソ弱《よえ》ェなあ」

「……なんだと？」

「脇目もふらずに修業しただァ？　大層《たいそう》聞こえはいいが、枯れ腐ってチマチマ努力したわりにゃ、隠し子がひとり出てきたくれェでオタっちゃってよぉ。てめえごときのウスラバカにぽっくりやられてりゃ世話ねえや。んなもんはなぁ、今の俺にしてみりゃ、アレだ。もう通り過ぎた俺だ」

「自分がなにを言っているのかわかっているのか？」

確かにザップの言い草は頓珍漢《とんちんかん》なのだが。

敵の言葉などザップは構《かま》いもしない。ライターを握りしめ、血を迸《ほとばし》らせると身《み》の丈《たけ》も超えるほどの広大な刃《やいば》を形成した。

「てめえこそ、なにをわかってんだ。これから後悔させてやるよ。俺をもっと敵《かな》わねえ相手にしちまったことをな」

そして——

躍《おど》りかかると、その刃を叩きつけた。

が。

激しい地響きも、爆風も。威力はさっきまでのクラウスの猛攻に劣るものではなかったかもしれない。

（でも……！）

揺れる足場にふらつき、膝をついて。レオはうめいた。

かといって勝《まさ》るわけでもないし、仮に勝ったとしても通じるわけではない。意味がない。

それを裏づけるように、魔術師は大笑いした。

「アッハッハッハ！　結局そんなことか！　人間の意地とか！　やけっぱちだとか！　情けないものだね、見るべきものを見ない愚昧《ぐまい》というのは！」

「チィィ！」

攻撃を弾かれ、反動に押し返されるたびにブレが大きくなるのは、身体の軽いザップの泣き所か。

それでも気迫だけは変わらない。まったく動くことない標的を、猫のように執拗《しつよう》に狙い続ける。

無心に打ち続けるザップを、魔術師は見返して——

「まさか、僕から手が出せないとか安心してないよね？」

ぱちんと指を鳴らす。

途端《とたん》にザップの顎が跳ね上がった。頭蓋《ずがい》を砕かれたと錯覚するほどの勢いで打ち上げられ、背中から地面に落ちる。

ショートアッパーのカウンターというところだろうか。あれほど攻めている時に反撃を受けることは、通常考えづらい。敵がどれほどの達者であっても、制圧力そのものがまるで無効化されるのは普通あり得ないからだ。

それをされた。ザップは仰向《あおむ》けになって、反《そ》らした胸を痙攣《けいれん》させている。脳震盪《のうしんとう》だろう。血刃も溶けてなくなってしまった。

魔術師はますます声を張り上げた。

「嬲《なぶ》るくらいは許されてるさ！　今、僕は紛《まぎ》れもなくこの惑星最強の存在だよ！」

レオも、クラウスも、そしてスティーブンも。

ザップを助けには行かなかった。ザップは寝ているようでいて、ただ空を見ているのだとわかっていた。バレリーが去った穴を。

「……かってねえな」

喋《しゃべ》りきれない。顎が動いていなかった。

ずれた顎の位置を直しながら、ザップが跳ね起きる。

「わかってねえな。強《つえ》えってもんを」

「負《ま》け惜《お》しみらしい負け惜しみだ」

「確かにな。口頭で優しく説明してやる気はねえんだった」

拳を振り上げ、殴りかかる。

結果は変わらない。ザップが襲い、弾き返され、時折は反撃を喰らって転倒する。その繰り返しだ。

「何度でも言うぞ！　無駄だ！　無駄なんだ！」

魔術師が叫び、ザップの倒れる時間が長くなっていく。

傷が嵩《かさ》んで動きは鈍《にぶ》り、血刃を紡《つむ》ぐことすらできなくなっても。

その無為《むい》な繰り返しをザップはやめようとしない。

レオは時計をのぞいた。夜風の吹く中、同じ光景をじっと見続けて凍《こご》えた関節が固まっていた。そんな悪寒《おかん》を覚えるような時間が過ぎている。

やがて。

魔術師の顔に初めて動揺が現れた。

「なんだと？　嘘だ……」

迫り来る拳を見て、息を切らせる。

「さっきより近づいて――嘘だ！　因果防御膜が破れるわけはない！　特異点生態のオーバーパワーだぞ！」

なにがあったのか。レオには一瞬理解できなかったが。

傷だらけのザップが、陰険に口の端を吊り上げるのが見えていた。

一打一打と続けるうちに、拳が防御を突き破り……接近していっているというのか。

「あり得ない……！」

魔術師は胸を押さえてよろけ、そして。

一歩下がったその足の下で、ぴしっと音がした。

そんな小さな音が聞こえたのは、ザップが手を休めていたからだ。ゆっくりと拳を下ろす。これですべての攻撃が済んだというように。

魔術師が恐る恐る、足をどけると。そこには一匹の蛾《が》が潰されていた。

「虫一匹殺さないこと。それが取り決めだったっけか？」

ザップが告げる。

魔術師が踏んだのは、ひとけのないこの公園で、穴からの光に集まってきた蛾の一匹だ。

先ほど、Ｋ・Ｋの弾丸が放った電撃で麻痺した虫が、あたり一面に落ちている。

呆然《ぼうぜん》とする魔術師の身体に、いきなり、穴から忍び出てきた黒い鞭《むち》のような触手《しよくしゆ》が触れる。身体に巻きついて、魔術師を持ち上げた。

「うそだ……こんな」

「人の機微を学んだならよ、次は昆虫の性質も学ぶんだな。超神の元で」

「うそだあああああああこんなああああああああ！」

次から次へと触手は増えて、魔術師を絡《から》め取《と》っていく。

そして一気に引き上げて穴の中に消えた。絶叫だけを残して。

穴も消え失《う》せる。

途端に真っ暗になったが、ザップが火を灯《とも》した。

灯りを増やしながら唾を吐く。

「ラックショウってやつだな」

強がってみせたが、その場に膝を落とした。

三人、駆け寄ったが。あえて手は貸さない。レオも手出しできない空気を察した。

クラウスが問いかける。

「どうやって……？」

「そりゃまあ、俺様の超絶マッスルが邪神をも上回る覚醒パンチを――」

「御託《ごたく》はともかく」

制止したのはスティーブンだ。

いつものザップならまだしばらくはゴネたかもしれない。が、傷が本気で痛むのだろう。

仕方なく嘆息《たんそく》して、右拳を持ち上げた。

「いっ……」

思わず息を止め、レオは後ずさりした。

ザップの拳が、ボクシングのグローブほどに膨《ふく》れ上《あ》がっている。

「血を集めて腫《は》れさせた。奴は俺が防御を突き破りかけてると錯覚した」

ヘッと笑ってつけ足す。

「奇跡を起こしそうに見えたってわけだな」

そう言うと、すぐ元の大きさにもどっていく。

さすがにみんな、呆気に取られた。

「そ、そんな小技で……?」

「敵が間抜けだってわかってたからよ。イカサマにゃイカサマでいいだろ」

と、そのつぶやきはまずレオに向け……そして穴の閉じた空へと視線を転じた。

「なるほど」

クラウスがうなずいた。

「見事だ」

その一言で、ザップは緊張の糸が切れたか、さらにくずおれる。

レオが飛び出して支《ささ》えると、ザップは力なく、震えるように笑っていた。

しばらくそれを見下ろしていたクラウスなのだが。

すっと、きびすを返した。音も立てずに歩いていったのは、魔術師が最後にいた場所だ。

そこに跪《ひざまず》く。ふかぶかと頭《こうべ》を垂れた相手は――踏まれた蛾だった。

「巨悪を倒すため、犠牲に。咎《とが》は我らに」

「……こういうとこは、まだ敵《かな》わねえな」

呆れ半分で、ザップがうめく。

改めて、レオは時計を見やった。

零時二十四分。
十年後の世界の危機が救われた時刻だった。

5—Say, It's only a...

世界を救った後には必ず、地味な事後処理がある。

急に交通封鎖を頼んだ警察や関係各所には、感謝と謝罪の電話を一晩中。これはクラウスとスティーブンが徹夜でこなした。

現場の痕跡《きずあと》消しは、(ああいう結果だったので)それほど苦労はなかった。死んだ蛾《が》を丁重《ていちょう》に弔《とむら》ったことくらいだ。

ただ、代わりにマンションの掃除《そうじ》はレオとザップでやる羽目《はめ》になったのだった。K・Kはそれに巻き込まれそうな気配を察したのか直帰《ちょっき》した。

一日や二日で終わると思えなかった掃除だが、ザップが血法《けっぽう》で本気を出すとこれが瞬《また》く間に終わる。ゴミを断裁して袋詰めにするのもすぐだ。本気を出させるまで数時間グズるのを宥《なだ》め賺《すか》し、なんとかやる気に持っていったら朝日が見えたが。

ライブラにもどると、オフィスにはまた誰も残っていなかった。

報告書を置いて、すぐに帰ってもよかったのかもしれないが。

レオとザップ、どちらから誘うでもなく、またオフィスの窓を開けた。

あの時と同じ朝日と風を浴びる。

煙草《タバコ》を吸い始めたザップに、レオはマンションから持ってきた袋を差し出した。

「これ、どうします？」

バレリーの服だ。

あと、彼女の描いた絵も一緒に入っている。

ザップは袋を置くと、クロッキー帳を取り出した。開いて自分の寝顔を眺《なが》める。

「下手《へた》だな」

「そうでもないですよ」

「そうなのか……」

と、不満げながら足下《あしもと》の袋を見やって。

「服、なあ。経費だから返せとか言われねえかな」

「多分《たぶん》、大丈夫じゃないですか」

「んでも、そういうとこ案外ケチくせえからなあ、ここ」

「めんどくさいなら、俺が預かっときますよ」

レオが手を伸ばして袋を取ろうとすると。

ぱっとザップが取り上げ、レオの手がとどかないところに置き直した。

「………」

別にその行動についてお互いなにも言わないが。

手すりに肘《ひじ》をついて、レオは街《まち》を眺めた。

「アシュリー・バーマの〝変身〟には、あんな魔術師も騙《だま》されたんすね」

「いい女だったたっつったろ」

「例の超神のブロックだかなんだかがあるので……俺ら、十年後まで会えないみたいですね。バレリーとは」

「みてえだな。仮に会っても、向こうにゃわけわかんねえだろうが」

それを残念と感じているのかどうか。ザップの横顔からは知れない。

探《さぐ》るわけでもなかったが、レオは訊《き》いた。

「いつか会ったら、話すんですか。親子じゃないって」

「だな。隠すことじゃねえだろ」

「ですね」

「そん時に、ちょっとヒマしてりゃあ、本当の親のこと調べてやってもいいかもな。おめえも手伝えよ」

「ええ、まあ」

「この服も、それまで持ってなきゃ渡せねえか。十年も経《た》ったらいくらなんでも流行遅れかね」

「どうっすかね。でも十年なんて、思ったほど今と違わないかもしれないですよ」

「なんでそう思うんだ？」

ザップの問いに。

レオは、思ったままを答えた。

「だって、子供は子供のままだったし、のぼせた輩《やから》は間抜《まぬ》けなままだったでしょ」

「言うようになったなぁ、お前」

「世界がひっくり返ったような気になっても、変わらないものがあるのは信じてもいいんすよ。きっと」

「ふうん。ま、そうだな」

音を立てて帳面《ちょうめん》を閉《と》じて。

大きく煙を吸って、ザップはあくびした。

「十年か。少しは長生きすっかな」

朝の光。一日の始まりに対面して、そう言った。

「――と、そんなこと言うくらいですから、当人的には本気で死ぬような無茶《むちゃ》はしてないんだと思いますよ。ザップさん。まあそれ言った三十分後、機甲《きこう》デコトラに轢《ひ》かれてましたけど」

◆

バーのカウンター席にて。

後ろのテーブル席にいる女子大生三人組に声をかけて溶《と》け込《こ》んでいるザップのことはほっといて、レオとツェッドは一杯ずつ次のオーダーをした。

まあその女子大生というのはテーブルの上は美女なのだが、下半身は全員カマキリ型の生物なのだけれど、泥酔《でいすい》したザップは気づいているのかどうか。

それも含めて、まあどうでもいい。

ツェッドは上品にカクテルに口をつけ、物静かに極《きわ》めて本質的なことをつぶやいた。

「根本的になんなんですかね、うちの兄弟子《あにでし》は」

「それはたぶん永遠にわかんないすけど」

レオは肩越しに、ライブラの先輩構成員を見やった。

「嘘《うそ》も本当もない。正体なんてなんだっていいんですよ。ザップさんですから」

あとがき

どうすればこんな芸当が出来るのか。繰り出されるキャラの一挙手一投足、セリフ回し、妙ちきりんなガジェット、風景、固有名詞、何から何までまるっと血界戦線。あたかも横から踊りをトレスされてる様な気分でした。でも物語はだんだん独特の視野と手触りに支配され、うねり、転がり、とうとう血界戦線史上最長不到距離へ。

何ぞこれ…何なんぞこれ…!!

存分に翻弄された僕は、遠くでまた世界の広がる地響きを聞いたのでした。

内藤泰弘

ということで血界戦線、ノベライズです。

怖いような楽しいようなヘルサレムズ・ロットはまさに内藤先生の庭だなあという感じで。書きながら、次の曲がり角からなにが出てくるか予想できないような、不思議な気持ちでした。

みなさんにとっても、このおかしな街の体験として加えていただければ幸いです。

それでは！

秋田禎信

■初出
血界戦線
オンリー・ア・ペイパームーン
書き下ろし

[血界戦線]オンリー・ア・ペイパームーン

2015年 6月9日 第1刷発行
2015年 6月30日 第3刷発行

著　者／内藤泰弘 ◉ 秋田禎信

装　丁／石山武彦 [Freiheit]

担当編集／六郷祐介

編集協力／北奈桜子

編集人／浅田貴典

発行者／鈴木晴彦

発行所／株式会社 集英社
〒101-8050 東京都千代田区一ツ橋2丁目5番10号
電話 編集部／03-3230-6297
読者係／03-3230-6080
販売部／03-3230-6393《書店専用》

印刷所／凸版印刷株式会社

Printed in Japan　ISBN978-4-08-703366-3 C0093

線
1~10
(以下続刊)
絶賛発売中!!

霧烟る都市。
異界と現世が交わる街。
その狭間で、暗躍する組織がある。
秘密結社ライブラ。
世界の均衡を保つ者たち——
ジャンプコミックス
JC
血界戦
内藤泰弘

JUMP j BOOKS：http://j-books.shueisha.co.jp/

本書のご意見・ご感想はこちらまで！

http://j-books.shueisha.co.jp/enquete/